KiWi 301

Über das Buch
»Meine kritischen Erzählungen und erzählenden Kritiken... sind Geschichten aus dem Leben«, hat Joseph Roth über seine Prosa gesagt. Und er hat dabei nicht zwischen literarischen und journalistischen Arbeiten unterschieden. In den vorliegenden Geschichten, die aus dem großen journalistischen Œuvre der Werkausgabe ausgewählt wurden, ist derselbe große Erzähler am Werk wie in den berühmten literarischen Texten. Jeder alltägliche Moment konnte für Roth zur Geschichte werden. Die Zeit, in der er lebt, war aus den Fugen und bot unerschöpflichen Stoff für seine ironische Fantasie, die die Menschen und Dinge auf ihre poetische wie kritische Wahrheit – kurz auf ihre »Geschichte« brachte. Roth, der »Mythomane«, dem sich alles fabulierend verwandelte, erweist sich hier zugleich als scharfblickender Chronist seiner Zeit. Mit Recht hat er selbst einmal gesagt: »Ich wüßte nicht, weshalb ein ausgeprägter Sinn für die Atmosphäre der Gegenwart die Unsterblichkeit hindern soll.«

Der Autor
Joseph Roth, 1894 in Brody (Galizien) geboren, studierte Philosophie und Literaturwissenschaft in Wien und Lemberg. Teilnahme am I. Weltkrieg. Ab 1918 Journalist in Wien, dann in Berlin, 1923–1932 Korrespondent der *Frankfurter Zeitung*. 1933 Emigration nach Frankreich. Starb 1939 in Paris.

Weitere Titel bei k&w:
Die Legende vom heiligen Trinker, KiWi 27, 1983. *Der stumme Prophet*, Roman, 1966. *Perlefter*. Die Geschichte eines Bürgers, 1970. *Die Erzählungen*, 1973. *Hiob*, Roman eines einfachen Mannes, KiWi 6, 1982. *Rechts und links*, KiWi 88, 1985. *Panoptikum*, Gestalten und Kulissen, KiWi 35, 1983. *Tarabas*, Roman, KiWi 46, 1984. *Berliner Saisonbericht*. Unbekannte Reportagen und journalistische Arbeiten 1920–1929, 1984. *Juden auf Wanderschaft*, KiWi 81, 1985. *Zipper und sein Vater*, Roman, KiWi 110, 1986. *Die Kapuzinergruft*, Roman, KiWi 125, 1987. *Die Geschichte von der 1002. Nacht*, Roman, KiWi 140, 1987. *Das Spinnennetz*, Roman, KiWi 152, 1988. *Hotel Savoy*, Ein Roman, KiWi 178, 1989. *Radetzkymarsch*, KiWi 190, 1989. *Das falsche Gewicht* Roman, KiWi 219, 1990. *Werke 1–6*, 1989–1991. *Der Leviathan*, KiWi 231, 1991. *Aber das Leben geht weiter und nimmt uns mit. Der Briefwechsel zwischen Joseph Roth und dem Verlag De Gemeenschap 1936–1939*, 1991. *Die Erzählungen*, 1992.

Joseph Roth

Die zweite Liebe

Geschichten und Gestalten

Kiepenheuer & Witsch

© 1993 by Verlag Kiepenheuer & Witsch, Köln
Alle Rechte vorbehalten
Kein Teil des Werkes darf in irgendeiner Form
(durch Fotografie, Mikrofilm oder ein anderes Verfahren)
ohne schriftliche Genehmigung des Verlages
reproduziert oder unter Verwendung elektronischer Systeme
verarbeitet, vervielfältigt oder verbreitet werden
Umschlag: Manfred Schulz, Köln
Umschlagfoto: Bill Brandt
Satz: Fotosatz Froitzheim, Bonn
Druck und Bindearbeiten: Clausen & Bosse, Leck
ISBN 3-462-02262-8

Inhalt

Nikolo 9
Das Taftkleid 13
Das Märchen vom Geiger 17
Petro Fedorak 21
Der Prinz 23
Kleiderhandel 26
Der Herr mit dem Monokel 29
Eine Nacht mit Wanzen 33
Reise mit einer schönen Frau 36
Sentimentale Reportage 40
Gedicht von Wandkalendern 47
Seine k. und k. apostolische Majestät 50
Little Titch 57
Geschenk an meinen Onkel 62
Die zweite Liebe 67
Der Nachtredakteur Gustav K. 74
Ein Wiedersehen 80
Ein Mensch hat Langeweile 84
Weihnachten in Cochinchina 89
Wiege 93
Laterna magica 95
Rast in Jablonowka 99
Der Hauslehrer 106

Erstveröffentlichungen 111

Nikolo

Die kleine Lily sagte: Ich glaube, das war eigentlich gar nicht der Nikolo. Ich weiß genau, vor zwei Jahren noch sah er anders aus und blieb auch länger sitzen und erzählte schöne Geschichten, und er hatte einen viel, viel längeren Bart, und der Bart war viel weißer. Auch einen großen, großen Sack hat er damals mitgehabt, und heute war's nur eine kleine Einkaufstasche, so wie sie Mama immer hat, wenn sie mit Fini auf den Markt geht. Ja, sagte Paula, ja, sicher, es war dieselbe Einkaufstasche, ich habe sie erkannt, meine rote Masche war am Henkel. Der achtjährige Karl aber war ein Bub und schon sehr gescheit und sprach: Ach was, ich weiß schon, es ist eigentlich gar nicht der Nikolo, es gibt keinen Nikolo überhaupt, und der Nikolo ist übrigens der Onkel Heinrich. Der Onkel Heinrich ist auch der Weihnachtsmann. Und der Onkel Heinrich kann heute nicht mehr mit dem Geld auskommen, er zankt deshalb mit Tante Mathilde – ich habe es selbst gehört –, und er kann keinen Sack mehr mit Süßigkeiten kaufen, und deshalb hat er nur Äpfel und ein paar Nüsse gebracht. Quatsch, es gibt keinen Nikolo, sagte der achtjährige Karl. Aber Lily widersprach: Es gibt bestimmt einen Nikolo. Alle sagen's, der Papa und der Lehrer und der Fritz, und der weiß doch alles, denn er wird nächstes Jahr Doktor. Und übrigens schreibt er Gedichte, echte Gedichte mit Reimen, wie sie im Lesebuch stehen.
Fritz kam herein. Nicht wahr, es gibt einen Nikolo? fragte Lily. Ja, freilich, sagte Fritz, ich werde euch was von ihm

erzählen. Ich habe ihn soeben getroffen, wie er traurig und gebückt durch die Straßen ging, um nach Bari in Italien zurückzukehren. Es gefällt ihm gar nicht in Wien. Eine so traurige Stadt hat er in seinem ganzen Leben nicht gesehen, und er lebt schon sehr lange, müßt Ihr wissen, schon an die tausend Jahre. So wie in diesem Jahr ist's ihm noch nie gegangen. Zuerst wollten sie ihn gar nicht über die Grenze lassen und fragten ihn, ob er fremde Valuta habe und einen Paß. Alle Lebensmittel, die er mithatte, mußte er den Revisoren lassen. Er schrie: Ich bin ja der Nikolo! Aber die Grenzwächter spotteten nur und sagten: Er ist ein Schleichhändler! Es gibt keine Heilige nicht. Das haben mir jetzt'n abgeschafft.
So kam der gute Nikolo ganz ohne Pakete nach Wien. Am Südbahnhof wollte er einen Fiaker nehmen, denn er war sehr müde, er hatte keinen Sitzplatz gehabt und war die ganze Zeit über im Zug gestanden. Hundertfuchzig Kranl'n, Sö Tepp, olda! sagte der Kutscher. Da ging der gute Nikolo zu Fuß.
Er wollte Mistelzweige haben und ging in den Wienerwald. Aber da standen Kettenhändler, die hatten alle Mistelzweige abgesammelt und verkauften sie als Holz zum Einheizen um sehr teures Geld. »Ich bin der Nikolo«, sagte der Alte, »und muß Mistelzweige für die Kinder haben!« Aber die Kettenhändler lachten: »Der Nikolo sind Sie? Die Kinder selbst haben schon Mistelzweige und treiben Geschäfte mit Mistelzweigen. Mit dem Artikel werden Sie den Kindern keinen Schrecken einjagen.« Da ging der heilige Nikolo in die Stadt zurück.
Der heilige Nikolo hat ein sehr gutes Herz, müßt ihr wissen, und also dachte er: Desto besser, ich werde also ohne Mistelzweige kommen. Ich will lieber Zuckerln kaufen. In allen Läden aber kosteten die Zuckerln ein Riesengeld, und es war ein Glück, daß der Nikolo geradewegs aus der Schweiz ge-

kommen war und Franken hatte. Also konnte er zur Not noch ein paar Kilo einkaufen. Mehr kaufte er nicht, denn die Zuckerln waren aus Schleichhandelszucker gemacht, der den armen Leuten nicht zukommen konnte.
Dann wollte der Nikolo Goldpapier kaufen. Aber da war in keinem Papierladen Stanniol aufzutreiben. Stanniol gab es nur auf der Börse – sagte man ihm. Und auf die Börse geht der heilige Nikolo nicht.
Als der heilige Nikolo über den Franz Josephskai ging, kam ein Mann auf ihn zu, der hatte eine weiße Kappe wie ein Lampion und ein buntes Band auf der Weste. Der hielt den heiligen Nikolo für einen polnischen Juden und zupfte ihm den Bart aus.
Um halb 9 Uhr abends begann der Nikolo schließlich, die Häuser abzugehen. Aber, was sah er da? Da waren alle Haustore schon gesperrt. Und als er läutete, kam der Hausmeister und fragte ihn streng, was er wolle. »Ich bin der heilige Nikolo«, sagte der Alte. – »Haben S' ein Sperrsechserl?« fragte der Hausmeister. – »Gewiß«, antwortete der Nikolo. – »So, ich krieg' aber schon zwei! Jetztn is halb neun, und mir san jetztn a Republik, und da kriegt der Hausmeister zwa Sperrsechserln! Verstanden?« – Da gab der Nikolo dem Hausmeister eine Krone. »Kleingeld is jetztn auch aus Papier«, sagte der Hausmeister, »und mir führen so was nimmer! Der Krampus is mir viel lieber als Sie, Herr von Nikolo oder Herr Nikolo, denn den Adel hamma abg'schafft, der Krampus kommt durchn Schornstein und stört uns net. I pfeif' überhaupt auf die Sperrsechserln.«
Nun war der heilige Nikolo sehr traurig. In jedem Hause wiederholte sich dieselbe Geschichte. Nur die Kinder taten ihm leid, die hatten noch einen lieben Gott. Aber die Großen hatten ihn im Kriege verloren. »Der liebe Gott ist den Menschen amputiert worden«, sagte der heilige Nikolo.
Nun geht er wieder fort. »Wenn das so weiter bleibt, komme

ich nie mehr. Nie mehr!« sagte er. »Die Menschen müssen viel, viel besser werden!«
Da waren die Kinder alle traurig. Und selbst der achtjährige Karl, der schon gescheit war, glaubte an den Nikolo. Die Karbidlampe im Zimmer hatte ein nur noch ganz kleines, verrücktes, blaues Flämmchen, das wie betrunken hin und her taumelte. Schließlich gab's einen großen Krach. Die Lampe explodierte.
»Das hat der Krampus gemacht«, sagte Fritz. Und die Kinder fürchteten sich...

Das Taftkleid

Eine ukrainische Geschichte

Es war ein herrliches Taftkleid. Schwarz, mit Samteinsatz und Flitterperlen, von einer weichen und schmiegsamen Kühle, wie sie die großen dunklen Blätter tiefroter Spätrosen haben, die im Nachbarsgarten des Kirchendieners Alexei Afinowitsch blühten. Es stand so fest wie der Erfolg der Wunderkuren des blinden Korsaren Tiowfej und des Milchzaubers der Hexe Katja, daß zwischen Don und Dnjepr kein zweites Taftkleid dieser Art vorhanden war. Nastja Iwanowa, meine fürsorgliche Hausfrau, hatte es von ihrem Manne bekommen, dem Sergeanten Nikolaj Iwanow, der es wieder anläßlich eines kleinen Pogroms in dem etwa fünf Werst entfernten Judenstädtchen der reichen Schankwirtin Sonja Israelowitsch geraubt hatte. Nastja Iwanowa, wie schon erwähnt: meine fürsorgliche Hausfrau, war kraft dieses Taftkleides entschieden die vornehmste unter allen Dorfbewohnerinnen.

Jahre waren vergangen: Die Kuh des Bauers Kuszpeta war an Magenkrämpfen elend zugrunde gegangen, Alexei Pawlow, der Taugenichts, kehrte aus dem Kiewer Zuchthaus zurück, der Krieg brach aus, Nikolaj Iwanow, der Mann meiner fürsorglichen Hausfrau, ward in den Karpaten vermißt, das Dorf hatte manniges gelitten, die Landstraße die Eisenhufe der Kavallerie, die benagelten Stiefelsohlen der Sturmtrupps, die zerrissenen und nackten der Kriegsgefangenenzüge, die Räder der Artillerie- und Trainkolonnen an ihrem Leibe zu spüren bekommen. Freundliche und feindliche,

preußische, zarische, österreichische Einquartierungen wechselten miteinander ab. Aber in all dem jähen Wechsel der Zeiten und Dinge hatte das Taftkleid seinen Zauber bewahrt, war es allsonntäglich Brennpunkt der Bewunderung und Gegenstand des Neides alter und junger Dorfbewohnerinnen geblieben. Es verlieh seiner Besitzerin Würde und Rückgrat, verschaffte ihr Geltung und Ansehen. Ihre Kuh durfte unbehindert auf nachbarlichen Weiden grasen, ihr Söhnchen Sascha unverprügelt stehlen. Nastja Iwanowa, meine würdige Hausfrau, war eine Persönlichkeit, und ein Stückchen vom Glanz ihres Taftkleides umschimmerte auch mich, ihren harmlosen Mieter und Hausgenossen.
Da kamen die Bolschewiken. Nastja Iwanowa war eine erbitterte Gegnerin jedes Kommunismus. Sie hielt es mit Petljura, dem Kosakenhetmann, der die Bolschewiken bekämpfte, und mit seinem Stellvertreter im Dorfe, dem Ataman Nikita Kolohin, der das Dorf befestigt und es zu einem Stützpunkt ausgebaut hatte. Auf hügeligem Südrand des Dorfes hatte Ataman Nikita sein Hauptquartier aufgeschlagen, auf dem Kirchturm Maschinengewehre zur Abwehr bolschewistischer Flugzeuge aufgestellt und Alarm- und Signalapparate eingerichtet. Wenn die Sirenen in langgedehnten Tönen zu heulen, die Maschinengewehre auf dem Kirchturm zu rattern anfingen, wußte man: Die Flieger sind da! Der Bauer Kuszpeta ließ die Sense fallen, mit der er eben das Gras auf seiner Wiese gemäht hatte, lief zu der hohlen Weide, die am Wiesenrand stand, und holte aus der Höhlung seinen Schatz hervor, hundert goldene Dukaten in einem großen braun- und blaukarierten Taschentuch. Katja, die Hexe, ergriff ihre alte Katze, die sich gerade am Fensterbrett gesonnt hatte, beim Genick, der blinde Tiowfej brach sein Lied: Pulubyl ja tibia za twoju Krafatu – mitten im Worte »Krafatu« ab, so daß sein Kra – wie ein heiserer Unheilsruf klang, und Alexei Pawlow, der fünf Jahre im Kiewer Zucht-

haus gesessen hatte, steckte die Bibel, die ihm der Pope von der Kiewer Strafanstalt mitgegeben und in der Alexei Pawlow ganze Nächte inbrünstig blätterte, weil er nicht lesen konnte, zu sich. Meine fürsorgliche Wirtin aber: Nastja Iwanowa, griff nach ihrem Taftkleid, das auf einem riesigen Türhaken seinen Ehrenplatz hatte, und schlug es in ein eigens zu diesem Zweck stets bereitgehaltenes großes weißes Packpapier. Alles rannte, jeder mit seinem Schatz, unter den Viadukt, den die Preußen noch im Jahre 1918 mitsamt einer kleinen Lokalbahn am Ausgang des Dorfes angelegt hatten, wartete dort das Tuten der Sirenen, das Knattern der Maschinengewehre, das Rattern der Flugzeuge ab und kehrte dann nach Hause zurück.
Es war Mitternacht, der Mond schien, das Dorf schlief. Nur Alexei Pawlow blätterte in seiner illustrierten Bibel. Da begannen die Sirenen zu pfeifen. Schüchtern erst, schläfrig, daß es tönte wie das Gähnen meiner fürsorglichen Wirtin Nastja Iwanowa. Dann immer voller, stärker und schneller. Nastja Iwanowa sprang auf. Ich hörte das Packpapier im Dunkeln rauschen, sie packte ihr Taftkleid ein. Die Dorfstraße entlang eilten die Menschen dem Viadukt zu. Nastja Iwanowa mit ihnen. Sie fiel in einen Graben, raffte sich auf und lief weiter. Nach fünf Minuten entdeckte sie, daß sie ihr Taftkleid vermutlich im Straßengraben hatte liegenlassen. Sie eilte zurück, wälzte sich den Graben hinunter. Gott und allen Heiligen Lob! Das Kleid lag da! Nastja Iwanowa rannte, das knisternde Paket fest an die Brüste gedrückt. Außer Atem kam sie am Viadukt an.
Die Nacht war erfüllt mit Geratter und Geknatter. Unter dem Viadukt kauerten die Menschen, sprachen leise mit angstbebenden Stimmen. Einige waren eingeschlafen. Auch Nastja Iwanowa.
Als sie im kühlen Morgengrauen erwachte, war ihr erster Gedanke: das Taftkleid! Aber weh! Heilige Mutter Gottes!

Das Paket war weg. Man hatte es gestohlen. Gestohlen das herrliche, einzige Taftkleid, das seinesgleichen suchte zwischen Don und Dnjepr!
Nastja Iwanowa lief, rannte, raste zu Ataman Nikita. Der Soldat Onufrij Romanjuk stand Wache. Er ließ sich die Gelegenheit nicht entgehen und versetzte Nastja einige Kolbenhiebe. »Ich geb dir zwei Rubel«, flehte Nastja. »Zehn will ich, Hundeseel!« bellte der Soldat Onufrij wie ein wütender Dackel mit seiner versoffenen Fistelstimme: »Gut, gut, ja, zehn!« weinte Nastja.
Sie kam vor den Ataman. Sie bat, kniete: »Herr, Herr, mein schönes, herrliches, Taftkleid! Man hat es mir gestohlen, heute in der Nacht, unterm Viadukt!«
Der Ataman war ein guter Herr. Er schickte zwei Soldaten aus. Die durchsuchten Haus um Haus und fanden endlich das Taftkleid bei der Katja, der Hexe.
Nastja Iwanowa trocknete rasch ihre Tränen. Beide Hände streckte sie nach ihrem Schatz aus. Ein Wildbach!? Oh, ein Wildbach hätte sich wie eine schleichende Schnecke ausgenommen neben der nach Hause rasenden Nastja. Sie lief zum Tisch, packte aus. Aber, was war das? Ein alter schmutziger Unterrock lag in dem Papier. Das Taftkleid? Wo war das herrliche Taftkleid?
Es hing am rostigen Haken hinter der Tür. Nastja Iwanowa hatte es in der Nacht verwechselt. Denn: Habt Ihr wirklich geglaubt, Katja, die Hexe, hätte das *Taftkleid* herausgegeben?!...

Das Märchen vom Geiger

Natürlich war der Geiger jung und blond. Und seine Geige war aus einem Zauberholz und hatte, wie jede andere Geige, vier Saiten. Die eine war aus Eisen, die zweite aus Silber, die dritte aus Gold – und die vierte war etwas ganz, ganz Wunderbares: nämlich ein langes, feines Elfenhaar. Es war eine Geige, wie sie in einem Märchen gar nicht anders denkbar ist. Eine richtige Märchengeige.
Es ist sehr leicht, Märchen zu erzählen. Wäre das, was ich hier schriebe, eine Erzählung, eine Novelle oder so was, ich müßte sagen, woher der junge, blonde Musikant die Geige habe. Aber in einem Märchen ist alles so einfach. Die Geige war da und basta. Man frage also nicht, wie sie in den Besitz des jungen, blonden Musikanten kam.
So schön und bezaubernd konnte der junge Geiger spielen, daß ihn selbst die Taubstummen in den Instituten hörten und die Melodien nachsangen. Die Sterne am Himmel tanzten, und sogar die Fixsterne drehten sich im Kreise. Der junge Musikant zergeigte die ganze Astronomie, und die ordentlichen Professoren waren sehr böse, daß die Fixsterne es wagten, ihre Fixheit gegen alle Wissenschaft aufzugeben und zu tanzen.
Es ist nicht üblich, in einem Märchen nur einen Geiger vorkommen zu lassen. Es muß, fühle ich, etwas mit dem Geiger geschehen, und ich will deshalb noch eine Prinzessin dazutun.
Was? Prinzessinnen sollen nicht mehr vorkommen? Das ist

nicht richtig. Denn erstens: gibt es auch ungekrönte Prinzessinnen, und zweitens kann ich von der Tradition nicht abweichen: In Märchen gibt es hauptsächlich Prinzessinnen.
Natürlich war die Prinzessin noch jünger und blonder als der Geiger. Ob sie Wasserstoffsuperoxyd für ihre Haare brauchte, weiß ich nicht. Es ist immerhin auch das möglich, da sie ja auch im übrigen typische Fraueneigenschaften hatte, wie bald bewiesen werden soll.
So bildete sie sich z. B. ein, sie könne nur einen Mann von ganz außerordentlichen Fähigkeiten zum Gemahl und zum König ihres Landes machen. Sie veranstaltete daher ein Preisausschreiben durch die Zeitungen.
Daraufhin meldeten sich zahlreiche Werber.
Der eine war ein Maler. Er stellte eine Leinwand auf, strich dreimal mit dem Pinsel hin und her, und die Prinzessin stand da, kubistisch, futuristisch, expressionistisch. Jedenfalls so, daß man sie nicht erkennen konnte und der ganze Hof infolgedessen von der verblüffenden Lebenswahrheit entzückt war.
Der zweite war ein Dichter. So überragend groß, daß er niemals eine Idee hatte. Alle Ideen, die andere, geringere hatten, bezeichnete er als nichtswürdig im Vergleich mit jenen, die er hätte haben können, wenn er kein Dichter gewesen wäre. Dagegen bestand seine Kunst darin, Worte zusammenzukuppeln, wenn sie »sinnlos-prächtig« waren und zueinander nicht paßten. Sie brauchten bloß eine Mitgift an Klang und Farbe zu besitzen und waren schon verheiratet. Der Dichter war sozusagen ein Worte-Heiratsvermittler und zählte sich deshalb zur Moderne. Er hatte viele Jünger, die es aber in ihrer Kunst nur bis zu Wortverlobungen brachten, die manchmal auch auseinandergingen. Niemals brachten sie eine richtige Wörterehe zustande.
Und außerdem kamen noch viele andere Künstler und Weise. Ein Schnelläufer, der mit den Sonnenstrahlen um die

Wette lief. Ein Jongleur, der mit Mond und Sternen Fangball spielte. Ein Baumeister, der aus Regenbogen Brücken baute. Ein Gedankenleser, den man aber nicht anerkennen wollte, weil er, ein treuer Prinzipienmensch, jedem, der ihn um Experimente bat, sagte: daß der Konsultierende nichts denke.
Kurz, es waren alle gekommen, die etwas Besonderes konnten. Nur ein berühmter Telepath fehlte noch. Er hatte sich auf dem Wege in das Schloß der Prinzessin verirrt und konnte sich nicht zurechtfinden.
Auch mein junger Geiger kam in jenes Schloß.
Er gefiel der Prinzessin ausgezeichnet. Aber vorsichtig, wie nun schon einmal Prinzessinnen sind, hieß sie den jungen Geiger warten. Wer weiß, dachte sie, es kann immer noch einer kommen, der mehr kann.
Ich muß schon sagen, sehr schön war das nicht von der Prinzessin. Dabei war sie nicht einmal ein böses Ding. Sie war nur jung und blond und eben eine Prinzessin.
Eines Tages kam ein Herr mit einem Monokel. Auf seiner Visitenkarte stand: v. Revelant, Tanzmeister. Es war der berühmteste Tänzer des Landes.
Man ahnt schon, was da geschah. Ich könnte mein Märchen hier ganz gut abbrechen. Zweifelt jemand noch daran, daß einer Prinzessin, einer blonden jungen Prinzessin, der Tänzer besser gefiel?
Es kam, wie es kommen mußte. Der Tanzmeister bat den Geiger zu spielen. Und der Geiger spielte. Denn junge Musikanten sind stets bereit, sich in ihr eigenes Verderben zu spielen.
Nun ist das Märchen aber wirklich aus. Der Schluß ist ja so nebensächlich!
Stellen wir uns vor, daß der Musikant zur Hochzeit des jungen Paares aufspielte. Daß er, wie es in Märchen vorzukommen pflegt, plötzlich hinfiel und starb.

Und daß die Prinzessin, jäh erschreckend, entdeckte, daß ihr Tänzer gar nicht tanzen könne ohne Musik.

Oh, wie glücklich wäre der Geiger gewesen, wenn er auch noch hätte tanzen können.

Aber das kann eben niemals sein. Geiger können nicht tanzen. Einfach deshalb, weil sie – geigen müssen.

Petro Fedorak

Er war ein Bauer. Irgendwo in Galizien hatte er eine strohdachgedeckte Hütte, eine Kuh, ein Schwein, eine Frau und ein Kind. Die Kuh trieb er auf die Weide, das Schwein hielt er in seiner »Chalupa«, die Frau prügelte er, und um das Kind kümmerte er sich nicht. Er war ein armer Bauer.
Die Agenten, jüdische Agenten von »Austro-Americana« und »Lloyd«, kamen ins Dorf und erzählten von Kanada. In Kanada, dachte Petro Fedorak, kann man Gold finden. Man gräbt mit einer Schaufel, so tief etwa, wie man nach Kartoffelwurzeln gräbt, und plötzlich klirrt das Eisen. Man gräbt nicht tiefer. Man ist auf Gold gestoßen. Hat man einmal so einen Klumpen Gold gefunden, so nimmt man ihn mit in die Stadt, kriegt tausend Gulden dafür oder gar noch mehr und fährt nach Haus. Kauft noch zehn Joch Feld, gibt dem Pfarrer für die neue Kirche zehn Gulden, bringt seiner Marynka ein gelbes Kopftüchel mit roten Mohnblumen und ist ein reicher Bauer.
Petro Fedorak verkaufte einem jüdischen Hausierer zwei Pölster, gute daunengefüllte Pölster, in denen man selig schlief wie in Jesu Schoß, und löste eine Karte nach Kanada.
Von seinem Staunen darüber, daß man in Kanada, so tief man auch grub, kein Gold finden konnte, will ich gar nicht erzählen. Petro Fedorak gewöhnte sich mit der Zeit das Staunen vollkommen ab. Er arbeitete. Irgendwo in einer Fabrik. Und sparte. Und schickte Geld nach Haus. Und schrieb Briefe. Eigentlich schrieb er nicht, sondern diktierte.

Und da er nicht lesen konnte, was die anderen schrieben, mißtraute er ihnen. Und er ging von einem zum anderen und ließ sich die Briefe noch einmal und noch einmal vorlesen. Und wenn sie schon ganz schmutzig waren, sah er sie selbst noch einmal an – er hielt sie immer verkehrt –, ließ dann eine dicke Träne auf das Papier fallen, strich mit der Hand darüber, daß sich die Tinte verwischte, und schickte den Brief ab.

Er ersparte sich ein kleines Sümmchen. Als er hörte, daß der Krieg vorbei sei und das kanadische Geld einen so gewaltigen Wert habe, löste er eine Karte und fuhr heim.

Und kam nach Wien, Wien, einer großen Stadt. Es hatte lange gedauert, bis er hierhergekommen war. Aber er hatte sich gedacht: Wie gut! Besser, lange zu fahren, als überhaupt nicht. Und wäre ich nicht in Kanada gewesen, so läge ich jetzt in den Karpaten.

Also, gelobt sei Jesus Christus, ich bin in Wien!

Er kam auf den Nordbahnhof. Es ging zwar kein Zug! Aber Petro Fedorak dachte: Vom Nordbahnhof ist es näher nach Hause als vom Hotel.

Und er beschloß zu warten, bis ein Zug gehen würde.

Aber da traf ihn der Schlag. Petro Fedorak starb gestern im Nordbahnhof am Herzschlag.

Es kann vielleicht übergroßes Heimweh gewesen sein. Es soll schon manchem vor Sehnsucht das Herz gebrochen sein. Aber es muß nicht justament Heimweh gewesen sein! Es war ein einfacher, sinnloser, törichter, zweckloser, bestialischer, niederträchtiger Herzschlag.

Der Prinz

Der Prinz lebt in stiller Abgeschlossenheit, der Arme.
Uralte Kastanienbäume umrauschen seine Villa. Auf acht geräumige Zimmer ist seine Abgeschiedenheit beschränkt. Nur *ein* Reitpferd steht ihm zur Verfügung. Und ein einziges Auto. Das Auto ist grau lackiert und weich gepolstert. Auf schwellenden Pneumatiks federt es durch das Land, das den Prinzen entbehrt. Gänse fegen kreischend über den Weg. Hunde bellen, respektlos und ohne Sinn für Vergangenheit. Auf hohen Baugerüsten arbeiten Maurer und Poliere, beneidenswerte Menschen. Im Schweiße ihrer Angesichter hacken Männer Kieselsteine für Schotterungen, so sehr mit den elenden Steinen beschäftigt, daß sie nicht einmal grüßen. Armer Prinz!
Im Sommer steht der Prinz um acht Uhr auf, im Winter schon um neun. Im Sommer frühstückt er auf der Veranda und des Winters im Bett. Goldgelbe Butter streicht er mit behutsamen höchststeigenen Händen auf blühweiße Brötchen. Der schweigsame Lakai, ein personifiziertes Stück Stille, sozusagen eine befrackte Abgeschiedenheit, gießt Kaffee aus silbernen Kännchen in Rosenthaler Tassen. Der genügsame Prinz greift die Tassen nur mit vier Fingern und spreizt den fünften, kleinen ganz weit und vornehm weg.
Vielgezackte Geweihe starren von den Wänden des Jagdzimmers. Von allen für den Prinzen gefallenen Lebewesen befinden sich in seiner Wohnung nur die Häupter der Hirsche und Rehe. In ihre künstlichen Glasaugen legte der verstän-

dige Optiker einen frommen Ausdruck von Untertanendemut. Die Tiere erinnern in ihrem seelenvollen Blick an ausgemusterte und von einer Hoheit angesprochene Kadetten.
Nach dem Frühstück reitet der Prinz. Er reitet immer denselben Weg und immer zum Zwecke der Verdauung und der Appetitanregung. Zwanzig Meter in der Runde setzt bei des Prinzen bekanntem Trabgeräusch den Förstern und Oberförstern der Herzschlag aus. Ein gütiges Geschick treibt manchmal einen von ihnen vor die Pferdehufe. Dann schlagen sie die redlichen Jägeraugen auf und grüßen. Es geht nichts über Waidmannstreue.
Zu Mittag ißt der Prinz im Speisesaal ein bescheidenes Menü, nur aus vier Gängen. Was ihm nicht schmeckt, muß er stehenlassen, der Arme. Dem Prinzen schmeckt manchmal etwas nicht.
Am Nachmittag schläft er auf einem ganz gewöhnlichen Plüschsofa.
Dann kommt, zweimal in der Woche, ein General aus Berlin mit Vasallensporen hereingeklirrt. Auf dem Schädel des Generals stehen alle kurzgeschorenen Haare aufrecht vor dem Prinzen. Jedes einzelne Haar nimmt Stellung.
Der Prinz und der General plaudern von Vergangenheit und Zukunft. Der Prinz leutselig, der General respektvoll. Er kommandiert Sätze zur Parade, er präsentiert Meinungen.
Der Prinz hat loyale Briefe zu beantworten und Bittschreiben. Diese Sendungen kommen immer aus »Gauen«. Noch nie hat jemand aus einer gewöhnlichen Stadt dem Prinzen geschrieben.
Manchmal liest der Prinz die neueste Scherl-Woche und einen Roman von Rudolf Stratz, auf daß er nicht hinter der Gegenwart zurückbleibe. An den fortschreitenden Daten des täglichen Lokalanzeigers merkt der Prinz, wie die Zeit vorwärts geht.

Die Frauen im Lande lieben den Prinzen, keusch und ferne. Ihr Blick verweilt auf seinem Porträt in der Illustrierten Zeitung länger als auf den Schnitten der Modebeilage. Sie finden ihn sogar interessanter als die Plauderei über die letzte Pariser Schuhform (obwohl diese spitz zulaufend und ohne jeden Besatz ist).
An Tagen, wie es zum Beispiel der Johannitertag ist, teilt der Prinz Ritterschläge aus, ganz umsonst, ohne andere entgegenzunehmen.
Er hat ein großes und gutes Herz, der arme Prinz.

Kleiderhandel

Der Rock war alt und sein Verkauf im stillen längst beschlossene Sache. Öltropfen vom Flugrad der Zeit hatten Fettflecke hinterlassen. Runzelfalten auf Klappen und Ärmeln wölbten sich dem glühenden Liebesdruck des Plätteisens entgegen. Aber das Entscheidende war das Loch.
Das Loch auf der linken Schulter.
Es blinkte weißlich wie ein Auge durch die karierte Brille der vertuschenden Stopfwolle. Es zog, Brennpunkt meiner Scham, alle Blicke der Tischgenossen auf sich. Blicke drangen wie Stecknadeln durch das Loch in die linke Schulter und verursachten Schmerz.
Lächerliche Notwendigkeit des Alltags brachte mir drei Männer ins Haus. Sie lebten vom Kleiderhandel. Auf ihren Armen häuften sich abgezogene Menschenhäute in allen Farben und Stoffen.
Es waren Konkurrenten. Daß ich sie alle drei gleichzeitig geladen, schien mir äußerste Schlauheit. Ich erwartete Katarakte von Angeboten. Buntrauschendes Schauspiel sich überstürzender Preisfontänen. Taumelreigen von Zahlen.
Aber das Gegenteil geschah. Genossenschaft eines edlen Berufs schweißte sie zu einem Drillingstreubund zusammen. Sie waren eigentlich eine dreifache Ausgabe von einem. Drei Exemplare der Schöpfung: Kleiderhändler, in Bosheit gebunden. Schulter an Schulter feilschten sie.
Der Rock wandelte hin und zurück durch drei Händepaare. Und jede neue Hand bot weniger. Ein Hausierer sagte – und

seine Stimme ging heiser sägend wie ein Riß durch steife Leinwand: Das Unterfutter ist zerfetzt!
Es ist ein bißchen repariert, erwiderte ich.
Repariert heißt auf deutsch zerfetzt, sagte der zweite Händler. Seine Hände überlieferten, um Deutsch sprechen zu können, den Rock dem dritten.
Und er hat ein Loch, triumphierte der.
Das ist kein Loch! Es ist eine kunstvoll bis zur Unkenntlichkeit zugestopfte Öffnung.
Eine zugestopfte Öffnung ist eine Öffnung. Und eine Öffnung ist ein Loch, sagte der erste und flatterte mit den Armen.
Der zweite bohrte mit einem Zeigefinger und beiden Augen in dem Loch herum: Es ist sogar ein großes Loch!
Ein riesengroßes Loch! sagte der dritte und gab seinen Zeigefinger dazu.
Das Loch wuchs zusehends. Ärmel, Kragen, Klappen und Rücken verschwanden darin.
Dieser Rock ist überhaupt ein Loch! konstatierte der erste.
Aber ein Loch ist auch was wert. Hundert Mark.
80 Mark! lärmte ein Fingerbündel des zweiten.
50 Mark, sagte der dritte.
Wir einigten uns auf 70 Mark 57. Der erste bekam den Rock.
Ich zog meinen besseren schwarzen Anzug an. Und schritt so, ältlicher Konfirmand, ewiges Glockenläuten in der Seele, ohne Hundemarke sozialer Minderwertigkeit durch Alltag und Arbeitslosigkeit.
Dann, eines Tages, saß ich in der Straßenbahn. Und sah meinen Rock. Ein Mann stand auf der Plattform in meinem Rock.
Die Falten und die Ölflecke waren weg. Aber das Loch! Das Loch auf der linken Schulter!
Mir war wie dem Geist eines verstorbenen Löwen, der, aus dem Jenseits zu Besuch in seine irdische Wirkungsstätte zu-

rückgekehrt, sein eigenes Fell über dem Körper eines Löwe spielenden Menagerieportiers erblickt.
Ich stürzte auf die Plattform. Aber die Straßenbahn hielt gerade, und der Mann sprang ab.
Mein Rock verlor sich im Gewimmel. –
Nun sehne ich mich nach der dunkelblauen Stoffschale meines Ichs, die in der Gezeiten Wechsel, der Geschehnisse Fülle zu einer Art Haut sich herangedient.
Und ich sehne mich nach dem kleinen, winzigen Loch auf der linken Schulter. Und ich weiß plötzlich, wie es entstanden ist. Claire hielt die Zigarette über meiner linken Schulter. So entstand das Loch.
Am nächsten Morgen aber ging ich zu Gretl Reich, die blond war und stopfen konnte. Und seit jener Zeit herrschten zwei Frauen in meiner Welt: eine, die zigarettenrauchend nächtliche Löcher in die Schulter brennt. Und die andere, die sie am nächsten Morgen mit Kunst und Ergebenheit stopft.
Und beides war Liebe...

Der Herr mit dem Monokel

Der Herr trug in der rechten Augenhöhle ein Monokel. Es hatte den Anschein, als bildete er sich ein, der einzige in dieser Straße, in dieser großen Stadt, ja vielleicht im Lande zu sein, der nicht nur ein Monokel trage, sondern es auch zu tragen verstehe. Und er trug es, wie ich ihm aufrichtig einräumen will, beherrscht und sicher. Es bestand nicht die geringste Gefahr, daß dieses Monokel jemals aus der Augenhöhle fallen und mit leise klagendem Klang auf dem harten Pflaster zersplittern könnte. Es war so, als stünde der Herr nicht lebendig und körperlich am Rand des Bürgersteigs, um die Straßenbahn zu erwarten, sondern als wäre er eine Figur aus dem Modeheft für elegante Herren, bei deren Anblick wir, wenn sie ein Einglas trägt, auch nicht die nervöse Furcht hegen, daß das zarte Instrument zerbrechen könnte.
Der Herr trug einen weichen Filzhut, der aber so genau und ernsthaft, so gerade und so minutiös in der Mitte geknickt auf dem Haupte saß, daß er aussah wie ein steifer Zylinder von einer ungewohnten Form. Die Hände des Herrn waren mit grauen Lederhandschuhen bekleidet, weichen grauen Lederhandschuhen, die gleichsam die Pupille des Betrachters streichelten. In einem scharfen Bug fiel die Hose auf den Schuh aus Lack und Wildleder. Das Angesicht des Herrn gestand gar nichts. Es war eine verstockte Physiognomie, die grundsätzlich alles leugnete und verschwieg, wie etwa das Antlitz eines toten Pharaonenkönigs, den man Jahrtausende nach seinem Seligwerden mumifiziert im Sarkophag findet.

Das Angesicht dieses Herrn mumifizierte das Monokel. Es war so, als hätte der Herr, der sich im besten Mannesalter befinden mochte, seit seiner Geburt gar nichts von Bedeutung erlebt; ja, als wäre er als eine bewegungsfähige Mumie zur Welt gekommen, um ihr Licht durch die Vermittlung eines Monokels zu erblicken. Dieses brachte nur eine tote Asymmetrie in das Angesicht. Denn ein Monokel in der rechten Augenhöhle zwingt den Träger, die ganze rechte Gesichtshälfte zu straffen, die rechte Schläfenhaut bald zu falten und bald glatt zu spannen und den rechten Mundwinkel, wenn auch ein wenig, so doch immerhin merkbar in die Höhe zu ziehen. Das Monokel dirigiert ferner die Gedanken in eine bestimmte Richtung, und sie kreisen, wenn auch unterbewußt, stets um die Sorge, was mit dem Einglas geschehen würde, wenn diese oder jene Überraschung sich ereignete. Deshalb scheint es uns, daß den Herrn, der ein Monokel trägt, nichts überrasche. In Wirklichkeit ist er eine Sekunde später erschrocken, schmerzlich oder freudig bewegt als die anderen. So hindert ihn das Monokel, die jäh wechselnden Zeitereignisse sofort zu erfassen. So ahnt er zum Beispiel noch nichts von einer Revolution, weil er inzwischen um die Sicherheit des Monokels besorgt ist. Und er ist verurteilt, einen Witz viel später zu verstehen als wir. Seine Erlebnisse gelangen nicht aus erster Hand, nicht unmittelbar und frisch in sein Bewußtsein, sondern altbacken, ausgekühlt und wirkungslos. Daher kommt es, daß sein Angesicht so leer ist und so vornehm verschwiegen.
Ich war gerade mit diesen Betrachtungen beschäftigt, als ich zu merken glaubte, daß der Herr mit dem Monokel ungeduldig zu werden begann. Gewöhnliche Menschen verraten ihre Ungeduld, indem sie plebejisch einen Fuß auf den anderen setzen und also ihren Zustand uns, die es gar nicht angeht, geradezu aufdringlich bemerkbar machen. Dieser Herr aber begann seine Handschuhe zu glät-

ten, als wäre ihre weiche Sanftheit überhaupt noch steigerungsfähig. Er tritt sozusagen von einer Hand auf die andere, wie Plebejer es mit den Füßen zu tun pflegen. Aber es kam keine Straßenbahn.

Statt ihrer kam ein Autobus. Und nun geschah etwas Unerwartetes: Das Gehirn des Herrn revoltierte gegen die Diktatur des Monokels, es faßte zuerst den kühnen Gedanken, den Autobus statt der Straßenbahn zu benützen, setzte die Füße des Herrn in Bewegung, so daß dieser zu laufen anfing. Aber, wie es nun einmal mit subordinierten Naturen zu sein pflegt: Das rebellische Gehirn fiel in seine alte Abhängigkeit vom Monokel zurück, gebar hurtig einen neuen Sorgengedanken, so daß der Herr mitten im Laufen den rechten Arm erhob, mit dem Ärmel das Einglas streifte und es zu Boden fallen ließ, wo es leider mit einem wehmütigen silbernen Klirren zerschellte. Indes fuhr der eilige Autobus ab, und der Herr kehrte an den Rand des Bürgersteigs zurück.

Jetzt war sein rechtes Auge nackt, und der rechte Mundwinkel begann unmerklich abwärtszugleiten wie eine austarierte Waagschale. Das Angesicht belebte sich mit dem Willen, nichts zu sehn, und sah doch gezwungen die gegenüberliegende Straßenseite, ihre Menschen, einen Hund an der Litfaßsäule, einen stürzenden Radfahrer, einen kleinen Zusammenstoß. Das Gehirn des Herrn begann, Erlebnisse zu sammeln. Und weil die Straßenbahn noch immer nicht kam, ereignete sich das Allerschrecklichste: Der Herr, dieser vornehme Herr, begann, von einem Fuß auf den anderen zu treten. Es war wie eine sichtbar fortschreitende Proletarisierung des gebildeten Mittelstandes. Von Sekunde zu Sekunde wurde der Herr menschlicher. Jetzt sah man auch deutlich, daß er Eile hatte; daß er eine sterbende Tante erreichen wollte; oder sein Mittagessen; oder eine Pokerpartie; oder eine Verschwörung gegen die Republik. Er wurde verständlich, wenn auch noch immer nicht sympathisch. Und wenn er unterwegs kein neues Monokel gekauft hat, so darf er hoffen, in zehn Jahren sogar vernünftig zu werden.

Eine Nacht mit Wanzen

»Heute nacht habe ich eine Wanze gefunden und gleich getötet.« – »Da hast du aber Glück gehabt.« – »Wenn nur nicht so viele Wanzen kondolieren gekommen wären!«

»Sind Wanzen im Bett, Herr Wirt?« – »Wo sollen sie denn sein?«

Uralte Witze

Man war ja im Kriege an manches gewöhnt. An allen Fronten flogen nicht nur Kugeln, sondern sprangen auch Flöhe. Kopfläuse waren besser als Kopfschüsse. Und die kleinen rührenden Mäuse, die die Bauernstuben der Etappe bevölkerten, waren geradezu reizende Hausgenossen. Sie rumorten ein wenig, aber dafür vollführten sie artige Tänze, man hatte sie ehrlich lieb.

Es wäre ein schweres Unrecht, so gesittete Tiere mit der blutsaugerischen, mitleidlosen, blöden Wanze zu vergleichen. In ihrem platten Leib, diesem kriechenden Muttermal der Schwiegermutter des Teufels, hat ein fühlendes Herz keinen Platz.

Ich möchte Franziskus von Assisi, den demütigen Tierfreund, nach einer Nacht in einem karpato-russischen Dorf sehen. Ob nicht selbst er die Kreatur verfluchen würde, die den heiligen Schlaf stört, um sich an unserem Blut, das sie für einen ganz besonderen Saft zu halten scheint, so vollzusaufen, daß es eine Schande ist.

Man legt sich nieder, müde, durchfroren und glücklich, sich einschlafen zu fühlen... Da eilen schon aus allen Ritzen, aus Bilderrahmen und Fugen die lebendig gewordenen Leberfleckerln hervor, die man so oft an geliebten Frauen besungen hat.

Man ist eben eingeschlafen, und das erste Kratzen geschieht im Schlaf, im Halbschlaf das zweite. Beim dritten Male erwacht man, und man weiß das Schreckliche, die eben begonnene Nacht ist zu Ende. Man macht Licht. Am Knöchel sitzt eine Wanze. Was nun? Den Blutsauger auf die Erde schütteln und mit dem Hausschuh ermorden! Aber jetzt kommen die Kondolierer.

Sie kleben an der Wand, nur als Nägel verkleidet, nur wenn man scharf hinsieht, so kommt man hinter ihre Mimikry. Man nimmt ein brennendes Zündholz, hält es hin, die tote Wanze fällt, wie ein Blatt im Herbst, ins Bett, die Wand ziert ein kleiner Brandfleck.

Siehe, auf dem Kopfpolster sitzt auch eine. Wenn man das Haus nicht in Brand stecken will – es wäre ja das Vernünftigste! –, so muß man die Krawattennadel nehmen und in den Polster stechen. Ein kleiner Knacks, ein winziger Blutstropfen, vielleicht schon vermengt mit dem mir abgesaugten, wunderliche Transfusion... und jetzt die Leichen fortgeschüttelt – ich werde ihren Geruch nie vergessen – und ins Bett, Decke empor, Licht verlöscht... schlafen!

Jedoch die Rache der Verwandten, Blutrache im fürchterlichsten Sinne des Wortes, ist erwacht. Auch ich. Aussichtsloser Kampf! Sie sind so zahlreich wie die Sternlein auf dem blauen Himmelszelt, und ich bin ganz allein. Auch ekeln sie sich gar nicht vor mir, und ich mich vor ihnen im höchsten Maß.

Mechanisch streife ich eine ab, aber andere vollenden das Werk. Ich werde kraftlos. Mögen sie mich auffressen! Wenn ich sterbe, so will ich Gott bitten, er solle sie aus dem Tierparadies verbannen.

Es scheint, daß ich fiebere. Mein Körper bekommt rote Pusteln, Bisse, Masern oder die Pest, mir ist es gleich.
Ich büße alle Sünden ab, ich will immer brav sein, nur noch dieses eine Mal kann ich die Schadenfreude nicht verbergen beim Anblick einer frechen Wanze, die auf den Rücken zu liegen gekommen ist, mit den Beinchen strampelt und alle Qualen erduldet, die Franz Kafka in der »Verwandlung« beschrieben hat. Mag sie sich quälen, mich quält es mehr.
Ich binde mir mit Schuhschnüren den Schlafanzug an den Knöcheln fest zu und bedecke mein Gesicht mit einem Tafeltuch. Ich lasse das Licht brennen, wir wollen sehen, wer länger durchhält.
Ach, ich bin schon ganz hin und möchte vor Zorn und Einsamkeitsgefühl weinen, wenn ich mich nicht mehr vor den Wanzen meiner Schwäche schämte.
»Wie klein ist der Mensch«, sagte mir eine ins Ohr, aber ich bin zu Kaffeehaus-Aphorismen nicht aufgelegt und brülle ihr »Kusch!« zu. Was sie zur Kenntnis nimmt – sich aufs Saugen verlegend.
Endlich, es tagt schon, ist das große Gelage zu Ende. Meine Gäste sind gesättigt. Ich schlafe ein und träume bitter, erwache halb, müder als vorher, gerädert und mißbraucht, und ich möchte aus der Haut fahren, die aussieht, als wäre ich in Brennesseln gefallen.

Reise mit einer schönen Frau

Eine schöne Dame betrat das Kupee, in dem ich saß und in Zeitungen blätterte. Sie sah die Zeitungen an, mich nicht, befahl dem Gepäckträger, einen großen, ledernen, silberbeschlagenen Koffer ins Gepäcknetz zu stellen, setzte sich und fand kein Kleingeld für den Träger. Es war ein langer Augenblick, ausgefüllt vom Schweigen des Gepäckträgers, der keine Zeit hatte. Man fühlte deutlich, wie leidenschaftlich der Mann nach einem Ausdruck der Ungeduld, der Eile und vielleicht auch der Erbitterung suchte. Da es ihm aber nicht anstand, ungeduldig und erbittert zu sein, strömte er ein Schweigen aus, das schärfer war als ein Fluch. In diesem Augenblick erfaßte mich ein Zorn gegen die schöne Dame. Sie zwang mich aus meiner durch die Lektüre aufregender Zeitungen noch vertieften Ruhe zu einer qualvollen Überlegung, wie dieser Situation ein schnelles und gefälliges Ende zu bereiten wäre. Andere Männer werden in solchen Situationen witzig, ihre Schlagfertigkeit gewinnt ihnen die Sympathie der Damen und der Gepäckträger. Ich aber war in Gefahr, wenn ich nicht bald handelte, von der einen verachtet, vom andern ausgelacht zu werden. Deshalb fragte ich: »Wieviel bekommen Sie?«, erhielt Auskunft, bezahlte den Träger, gab ihm ein Trinkgeld, das ihn zwang, lauter zu danken, als ich gewünscht hätte, und beschloß zu warten. Die Dame suchte immer noch Kleingeld, fand einen großen Schein und fragte mich, ohne mich anzusehen, ob ich wechseln könne. »Nein!« sagte ich – und die Dame suchte weiter.

Ihre Verlegenheit mußte sehr groß sein; ich entschloß mich, Mitleid mit ihr zu haben, aber es kam nicht dazu, weil ich alles Mitgefühl für mich selbst verschwenden mußte. Sollte ich sagen: »Ich bin entzückt, eine so reizende Schuldnerin zu haben«? Welch ein Kompliment! War es nicht zudringlich, sie im Suchen zu stören, und war es nicht allzu billig, auf einem so gewöhnlichen Wege eine Bekanntschaft zu schließen? Ich konnte der Dame nicht zusehen, ihre hastigen Bewegungen waren privater, ja intimer Natur, und ich durfte dem Inhalt und dem Unterfutter der Handtasche keinen Blick schenken.
Ich konnte aber auch nicht die Gleichgültigkeit aufbringen, die zu einer Fortsetzung meiner Lektüre nötig gewesen wäre. Ich sah also zum Fenster hinaus, sah große Reklametafeln, Wächterhäuschen, Rampen und Telegraphenstangen, obwohl mich die Natur wenig interessierte. Nach einer Viertelstunde fand die Dame Kleingeld, reichte es mir, sagte: »Danke!« und sah wie ich zum Fenster hinaus. Ich ergriff die Zeitung und las. Die schöne Dame erhob sich, reckte sich, streckte die Arme zum Gepäcknetz empor, konnte den Koffer nicht erreichen und sah aus wie eine Flehende. Ich war gezwungen aufzustehen, den übermäßig schweren Koffer herunterzuholen und mich zu benehmen, als machte mir das Gewicht des Koffers gar nichts aus, als wären meine Muskeln Stahl und Eisen und der lederne Koffer eine Flaumfeder. Ich mußte das Blut zurückhalten, das mir den Kopf rötete, den Schweiß, der mir auf die Stirn trat, unauffällig abwischen und mit einer eleganten Verbeugung »Bitte sehr!« sagen. Es gelang mir, die Dame schloß den Koffer auf, ließ ihm ein wenig Duft von Parfüm, Seife und Puder entströmen, nahm drei Bücher heraus und suchte offenbar nach einem vierten. Indessen saß ich bekümmert da, tat, als ob ich Zeitung läse, und dachte nach, wie ich den schweren Koffer wieder ins Gepäcknetz bringen würde. Denn es war kein

Zweifel, daß ich verurteilt war, ihn wieder hinzulegen. Ich war verurteilt, einen Gegenstand, der zweifellos mehr wog als ich, mit eleganter Leichtigkeit wiederhochzuheben, ohne rot zu werden. Ich spannte im stillen meine Muskeln an, lud mich mit Energie und beruhigte mein erregtes Herz. Die Dame fand das vierte Buch, schloß den Koffer und versuchte, ihn aufzuheben.
Ihr Bemühen empörte mich. Warum tat sie so, als wüßte sie nicht, daß ich ihr die Arbeit abnehmen müßte? Warum bat sie nicht aufrichtig um die Hilfe, die mir die Sitte und beinahe das Gesetz zu leisten vorschrieben? Warum reiste sie überhaupt mit so einem schweren Koffer? Und wenn sie ihn schon führen mußte, warum packte sie die Bücher nicht in eine kleine Tasche? Warum mußte sie überhaupt lesen, da es doch feststand, daß es ihr gewiß angenehmer gewesen wäre, sofort mit mir zu sprechen, statt erst eine Stunde der Anstandslektüre verstreichen zu lassen? Warum war sie so schön, daß ihre Hilflosigkeit zehnmal größer erschien, als sie wirklich war? Und warum war die Dame überhaupt eine Dame und nicht lieber ein Herr, ein Boxer, ein Sportsmann, der seine Koffer mit großartiger Leichtigkeit hätte heben können? Meine Empörung half nicht, ich mußte aufstehen, »Erlauben Sie!« sagen und mit übermenschlicher Anstrengung den Koffer heben. Ich stand auf dem Sitz, der Koffer schwankte in meinen Händen, er konnte hinunterfallen und die schöne Dame zerschmettern. Ich hätte zwar Unannehmlichkeiten, aber keine Gewissensbisse gehabt. Der Koffer lag wieder oben, und ich fiel ermattet in meinen Sitz.
Die Dame dankte und begann zu lesen. Von diesem Augenblick an überlegte ich, wie ich das Kupee und die Dame am besten verlassen könnte. Ich hätte jeden Mann beneidet, der das Glück gehabt hätte, der Reisegenosse einer so schönen Frau zu sein. Da ich es aber selbst war, beneidete ich mich nicht. Mit aufrichtiger Sorge dachte ich an die vielen brauch-

baren Gegenstände, die noch im Koffer liegen mußten. Die Zeitung interessierte mich nicht mehr. Die Landschaft hatte meine ganz tiefe Abneigung. Zum Glück betrat ein Herr das Kupee, ein junger, sehr kühner, sicherlich Sport treibender Herr, der ohne Zweifel viel dümmer war als ich. Die Dame las nicht mehr. Nach einer Viertelstunde machte der Herr einen dummen Witz, und die schöne Frau lachte. Er war geistesgegenwärtig, schlagfertig, er konnte amüsant sein und wahrscheinlich auch einen Koffer heben. Er machte sich keine Sorgen, gewann das Herz der schönen Dame und triumphierte über mich. Ich dagegen gewann nur meine Ruhe wieder, sah mit Gleichmut den Koffer auf und nieder schweben, mein Herz klopfte nicht mehr, und ich verfolgte mit inniger Zuneigung die Bewegungen der schönen Frau und die Entwicklung des Abenteuers. Ich war glücklich, mit angenehmen Menschen zusammenzusitzen, die mich verwünschten und denen ich lästig war. Für solche Naturen wie mich ist das die beste Gesellschaft.

Sentimentale Reportage

Am Morgen stand vor dem Hotel ein Hund. Mit dem flüchtigen Blick eines Schriftstellers, dem Individuen vertrauter sind als Gruppen, Gattungen und Rassen, sah ich den Hund für einen Fox an. Er sprang an mir hoch, leckte meine Hand, erwartete, daß ich ihm etwas zum Spielen hinwerfe. Er hatte ein weißes Fell und unter dem linken Auge einen schwarzen Fleck. Während ich seine Ohren betrachtete, mit denen er wedeln konnte, gewann ich den Eindruck, daß es die Ohren eines Jagdhundes waren; und weil ich die Mischungen höher schätze als die mühsam gezüchteten Abkömmlinge reiner Rassen (die auch durch Mischungen entstanden sind) und weil ich – vielleicht im Gegensatz zur Naturwissenschaft – glaube, daß die Ereignisse einer zufälligen, unkontrollierten und obdachlosen Leidenschaft intelligenter sind als die einer sorgfältig vermittelten Tier-Ehe, wurde mir der gleichgültige und fremde Hund sympathisch. Er war kein Fox. Aber er war ein Hund.
Kein Zweifel, daß er herrenlos war. Er trug zwar ein Halsband, aber keine Marke. Es war ein gutes, ledernes Halsband, mit kleinen quadratischen Metallplättchen verziert. Solche Halsbänder kaufen nur wohlhabende Hundebesitzer. Diese aber hängen auch Marken an die Halsbänder. Wenn der Hund zwar noch ein Halsband, aber keine Marke mehr besaß, so war anzunehmen, daß ihn sein Herr nicht verloren, sondern verlassen hatte. Ich nahm es jedenfalls an, daß der Herr den Hund gekauft hatte – in der Meinung, es sei ein

Fox. Als der Herr aber sah, daß der Hund die Ohren eines Jagdhundes bekam, beschloß er, das Tier loszuwerden. Er führte es – es war noch jung, und Millionen Gerüche verwirrten es – in eine abgelegene Straße, ließ es stehn, sprang in ein Auto und verschwand. Denn nicht alle Menschen denken so über Mischlinge wie ich.
Außerdem war der Hund krank. Über seiner Stirn war ein dünner, rötlicher Ausschlag verstreut – nicht häßlich, nicht ekelhaft, eher harmlos und vom Aussehen einer harmlosen obligaten Kinderkrankheit, aber immerhin ein Ausschlag. Er roch nach einer Salbe, mit der man ihn noch jüngst behandelt haben mußte. Dieser starke Duft – er war wie Lavendel und Karbol – mochte die unerfahrene Nase des Hundes noch mehr verwirrt haben, so daß er nicht mehr nach Hause fand und einen fremden Menschen für einen bekannten hielt. Den Entschluß des Besitzers, den Hund zu verlassen, hatte diese Krankheit sicherlich gefestigt, wenn nicht hervorgerufen. Denn ich traue der Güte eines Menschenherzens noch immerhin so viel zu, daß es einen Mischling erträgt. Aber einen kranken Mischling gesund zu pflegen, und wäre es auch nur mit einer Salbe, geht über seine Kraft. Schließlich ist man nur ein Mensch.
Am Nachmittag dieses Tages mußte ich den Ort – ein Kurort in Südfrankreich – verlassen. Ich hatte eine lange Reise vor. Achtzehn Stunden in einem Güterwagen, an jeder Station von geschäftigen und vielleicht auch gehässigen Trägern gestoßen oder geworfen: Das ist für einen kranken Hund zuviel. Ich hätte mich freilich um ihn kümmern, ihn vielleicht im Kupee verbergen können. Aber auch mein Herz hat nur menschliche Qualitäten.
Ich ging mit dem Hund ins Restaurant. Er bekam einen Knochen, Gemüse und Wasser. Den Knochen nahm er mit, als wir weitergingen. Wir kamen zur Polizei, in die »Abteilung für gefundene Gegenstände«. In einem kahlen und

feuchten Zimmer saß ein Beamter an einem langen und breiten Tisch. Dieser Tisch, schwarzbraun, von Holzwürmern zernagt, von Millionen Federn zerstochen, bildete zugleich die Barriere zwischen dem Beamten und dem Publikum. Um auf seinen Stuhl zu gelangen, mußte der Mann über den Tisch klettern oder durch eine verborgene, absichtlich geheim angebrachte Tür das Zimmer betreten, ähnlich wie Schauspieler die Bühne. Es schien mir auch, daß der Beamte hinter dem Tisch gar nicht seinen nüchternen Beruf ausübte, sondern daß er eine Rolle spielte – eine Nebenrolle allerdings.

Er saß vor einem schmalen Buch, einem Tintenfaß, einem grünen Federhalter – den einzigen Gegenständen auf dem breiten, wüsten Tisch –, und er schrieb nicht einmal. Er wartete. Vielleicht verließ er dieses Zimmer überhaupt niemals. Vielleicht wartete er seit der Begründung der Polizei. Er hatte runde, goldbraune und sehr schnelle Augen. Sie erinnerten an die kleinen, gläsernen Spielkugeln der Kinder. Nach allen Richtungen rollten sie hurtig – von allen Körperteilen, die den Beamten ausmachten, schienen sie allein frei und beweglich zu sein. Denn selbst die Hand, die der Beamte mit der Feder zum Tintenfaß und dann zum Buch führte, bewegte sich nicht dermaßen, daß man sagen könnte, es wäre eine freie Hand gewesen. Es war, als könnte sie überhaupt keine andere Bewegung vollführen als die von der Weste zum Tintenfaß und vom Tintenfaß zum Buch. Es war eine rötliche, dünne Hand mit blauen Adern und stumpfen Nägeln, und von den Fingern waren nur Daumen und Zeigefinger gebrauchsfähig. Die andern drei Finger hingen nutzlos an der Hand wie Berlocken. Der Arm steckte ebenfalls fest an der Schulter, nicht durch eines der üblichen Kugelgelenke mit ihr verbunden, sondern wie ein Riegel in sie geschoben.

Der Hund spielte unter dem Tisch mit dem Knochen. Zwar war er kein Gegenstand, aber er gehörte doch in die Abteilung für gefundene Gegenstände. Während der Beamte aber Brieftaschen zu behalten das Recht und die Pflicht hatte, blieb ihm, einen Hund zu bewahren, überhaupt keine Möglichkeit. Vielmehr bestimmte das Gesetz, daß ich, der Finder, den Hund 24 Stunden zu behüten, zu pflegen und zu ernähren habe. Meldete sich nach Ablauf dieser Frist der Eigentümer nicht, so konnte ich den Hund laufen oder töten lassen.

Ich sagte dem Beamten, daß ich gegen dieses Gesetz zu handeln und heute noch abzureisen entschlossen sei, vielleicht mit dem Hund, wahrscheinlich aber ohne ihn. »Wie Sie wollen!« sagte der Beamte. Denn es war nicht seine Pflicht, mich von einer Übertretung zurückzuhalten. Ich war bereits erwachsen und konnte tun, was ich wollte. Er legte seine Sehkügelchen einen Augenblick auf mein Gesicht. Er sah mich an wie einen, der ins Feuer rennt. Andere, nicht an Schreibtische gebundene, auf Automobilen dahinsausende Beamte waren dazu da, mich irgendwo zu ergreifen und den Gerichten zu überliefern. Ihm selbst blieb nichts mehr übrig, als dem Hund unter dem Tisch einen Fußtritt zu versetzen. Er konnte es sich leisten, weil es ja ein herrenloser Hund und ein gefundener Gegenstand war. Er mußte es sogar tun, denn wie sollte man einem Tier anders beibringen, daß es bereits eingetragen sei? Vielleicht benützte der Mann auch die Gelegenheit, mir zu zeigen, daß er noch einen Fuß bewegen könne. Denn er saß, wie gesagt, schon lange auf seinem Platz.

Auf der Straße riet mir ein Mann, ich sollte mit dem Hund zum Tierschutzverein. Ich läutete an dem eisernen Gitter einer Villa. Auf der Stiege kam mir ein Herr entgegen, dessen Gesicht ich nicht sehen konnte. Er verbarg es im Schatten, der den oberen Teil der Stiege verfinsterte. Ich sah nur

seine Weste, seine dunkle Hose, seine roten Pantoffeln, ein Stückchen von seinen gelben Strümpfen. Ich hörte nur seine Stimme, eine sanfte, tiefe Stimme, aus einem eingefetteten Hals. Die Worte rollten auf geölten Rädern. Die Stimme wies mich ab. Sie wäre zwar, sagte sie, der Präsident des Tierschutzvereins. Aber sie könne nur in der Saison, wenn die Engländer kämen, Tiere annehmen, für die sich unter den Kurgästen ein Käufer finde.
Ich fragte in den Schatten hinauf, ob es einen Tierarzt in der Nähe gäbe. Ja, kam es zurück, aber einen, den man zahlen müßte. Offenbar wurde oben angenommen, daß jemand, der einen falschen Fox gefunden habe, eine Konsultation zu bezahlen nicht imstande sei. »Ich werde bezahlen!« rief ich empor. Und erfuhr die Adresse.
Es war aber bereits zehn Minuten nach vier, als ich zum Tierarzt kam. Seine Frau öffnete, erkannte sofort die schlechte Rasse des Hundes, zählte auch mich ihr zu und sagte: »Mein Mann arbeitet nur bis vier. Sie können ja lesen!« Es war eine hübsche, blonde, vollbusige, junge Frau, geschnürt, gepudert, das Haar gewellt, die Lippen geschminkt, so übertrieben tadellos angezogen, als wäre sie bei sich selbst zu Besuch. Ich ahnte, während ich sie betrachtete, die peinliche Sauberkeit ihrer Zimmer, ihren Abscheu gegen Staub, Armut, Motten und Revolution, ihre Sparsamkeit, ihre eheliche Treue, den Mangel an Gelegenheit und den ständigen Verkehr mit Tierärzten, die nichts anderes waren als ihr Mann – denn die Frauen lieben manchmal den Wechsel der Berufe mehr als den der Männer. Ich sah sie zu früher Morgenstunde aufstehn, Nippessachen abstauben, Aschenbecher putzen, die von nackten Nymphen aus Kupfer gehalten waren, silberne Kaffeelöffel abzählen, Mittagessen vorbereiten, ich sah sie nach dem Essen im Schaukelstuhl sitzen und im »Echo de Paris« von den Greueln der Bolschewiken und den neuen Rüstungen der Deutschen lesen. In den zwei

Minuten, die sie brauchte, um mich hinauszuwerfen, erkannte ich sie und ihre Tugenden – denn im Gegensatz zum Hund gehörte sie einer ganz bestimmten Gattung an, einer Rasse, möchte ich sagen, deren Angehörige in allen Ländern der Welt die gleichen Eigenschaften auszeichnen.
Wir fanden einen andern Tierarzt, der bis fünf Uhr ordinierte. Es war ein kleiner, flinker, gefälliger Mann, er sah eher einem Schnellphotographen ähnlich. Wenn er den Hund prüfte, so schien es mir, daß er über eine günstige Art, das Tier aufzunehmen, und nicht über seine Krankheit nachdachte. Es sei nicht schlimm! meinte er. Außerdem gäbe es einen guten Ausweg! Vor zwei Wochen sei ein neuer Tierarzt gekommen, ein städtischer, der die Hunde nicht töten lasse. Er käme jeden Tag zum Wasenmeister, pflegte die Hunde bis zur Versteigerung. Seien sie aber unheilbar, so töte er sie auf eine humane Weise.
Es blieb noch eine Stunde Zeit bis zu meiner Abfahrt. Ich begab mich mit dem Hund zum Wasenmeister. Es war ein großer, starker, heiterer Mann mit einer Amtsmütze. Dieses Lächeln, sagte ich mir, kommt nur von einem guten Gewissen. Dieser Wasenmeister sollte Präsident des Tierschutzvereins sein. Sein gutes Herz liegt ihm auf der Zunge. Die Hunde wissen ihn gar nicht zu schätzen. Er ist zu stark, um feig zu sein. Er ist zu simpel, um schlecht zu sein. Sieh, wie sein Gesicht breit ist, ein Teller voll Güte! –
Der Hund aber – er stand zu tief, um das Angesicht des großen Mannes sehen zu können – roch an dem Wasenmeister nur tausend gefangene Hunde und nichts mehr. Der Hund ließ sich von ihm nicht anfassen. Ich selbst mußte das Tier in den Käfig sperren. Es nahm noch den Knochen mit. Ich gab dem Wasenmeister ein Trinkgeld und drohte, daß ich mich nach einigen Tagen nach dem Schicksal des Hundes erkundigen werde. –
Ich fuhr weiter. Ich lebte, einer Arbeit hingegeben, in einer

fernen Stadt im nördlichen Frankreich, eine Woche, zwei Wochen. Eines Tages begann ich, an den Augenblick zu denken, in dem ich den Hund in den Käfig gesperrt hatte. Diese Erinnerung hatte gar keinen vernünftigen Anlaß. Sie kam wie ein stiller Wind. Vor meiner strengen Prüfung nahm sie zwar bald das Gesicht einer Sentimentalität an. Aber als ich noch strenger prüfte, fiel es mir schwer, eine »Sentimentalität« zu definieren. Was war das? Vor elf Jahren habe ich drei Sturmangriffe erlebt. Einmal sah ich rings um einen Brunnen, der vom Feind »eingeschlossen« war, ein Dutzend toter Kameraden liegen, deren Durst stärker gewesen war als die Furcht vor dem Tode. Ich erinnerte mich an die sterbenden Pferde an den Rändern der Wege, die wir gezogen waren. Was war eine »Sentimentalität«? War die Reue über den Verrat an einem Menschen selbstverständlich und die über den Verrat an einem Hund »sentimental«?

Ich kam zu der Überzeugung, daß ich sozusagen sentimental sei. Und ich telegraphierte dem Wasenmeister: Wenn der Fox, am Soundsovielten samt Trinkgeld übergeben, gesund und am Leben, so bitte ich um Bescheid, wann er gegen eine angemessene, hohe Belohnung abzuholen wäre. Ich bezahlte die Antwort.
Sie lautete – kurz und bündig, wie es der Stil der Wasenmeister erfordert: »Pas de fox.« Das heißt: Kein Fox! Oder noch besser: Keine Spur von einem Fox!...
Und ich verstand den Sinn dieses Telegramms. In einem Brief hätte mir der Wasenmeister etwa folgendes mitgeteilt: Weil der Hund kein rassereiner Hund war, also kein Fox, also wahrscheinlich nicht zu verkaufen, habe ich ihn, der noch hätte leben können, getötet. Es ist nicht der erste Hund, es ist auch nicht der letzte Hund. Nur keine Sentimentalitäten! –

Gedicht von Wandkalendern

In meiner Kindheit (und vielleicht nur in dem Land, in dem ich sie verlebt habe) gab es eine besondere Art von Wandkalendern, an die ich mich jedes Jahr in den Wintermonaten erinnere, wie man sich an Weihnachtsbäume und Großmütter erinnert, an Bilderbücher und Bonbons, an alle Personen und Dinge, die einen Glanz, eine Süße und eine Wärme hatten und die in ein gläsernes Grab gesunken scheinen, immer noch sichtbar, aber tot, Reliquien der heiligen Kindheit. Die Wandkalender bestanden, wie die heutigen auch, aus einem dicken Bündel neuer, glänzender, schwarzer und roter Tage, über die wie ein Bühnenvorhang ein buntes Blättchen gelegt war, darstellend einen Ast voll roter Kirschen oder ein Büschel Veilchen, jedenfalls immer ein blühendes Versprechen des neuen, noch zugeklappten Jahres. Das Bündel der 365 Tage steckte an einem ziemlich großen und breiten Pappendeckel, der die Wand das senkrechte Fundament war, auf dem sich das neue Jahr zu erheben gedachte. Dieses harte Papier war von einem noch härteren Glanz überzogen, von einer lackierten Schicht, einer spiegelnden, gewölbten Oberfläche, in der sich die Sonne konzentrierte, wenn der Wandkalender gegenüber dem Fenster hing, und in der, wie eine ferne Erzählung vom Wetter, die Färbungen des Himmels und der Luft zu lesen waren. Doch war diese Eigenschaft des Glanzes nur eine angenehme sekundäre. Während das Wichtigste die gepreßte, erhabene Illustration auf dem Pappendeckel war, die, obwohl sie das ganze Jahr naturgemäß nicht

wechselte, dennoch nicht die gleiche zu bleiben schien und ihre Aktualität bis zum 1. Dezember bewahrte, zu welcher Zeit schon die Erwartung des neuen Kalenders das Bild auf dem alten gewohnt und gewöhnlich machte.
Was waren das für Illustrationen! Wie leuchteten die starken und einfachen Farben, Rot, Blau, Gold, Grün hochsommerlich mitten im Winter, von jener Kraft, hinter der die Kraft der Phantasie zurückbleibt und von der die Träume dennoch befruchtet werden! Eine Frau, schwarz von Haar, das ein tiefrotes Kopftuch zur Hälfte bedeckte, mit roten Wangen und knallblauen Augen, mit einem Hals und einer Büste wie ein weißer, noch vom Wasser glänzender und in Sonne segelnder Schwan, mit schweren Zöpfen, die sich an der Brust zusammenfanden wie von einem koketten Wind hingelegt – solch eine Frau hielt mit beiden Armen ein papierenes Körbchen, das schräg im Pappendeckel steckte, wie mit der Laubsäge gearbeitet schien und nichts weniger als einen Korb voll Weintrauben darstellte, saftiger grüner und dunkelblauer, deren Farbe zwar an Karbonpapier erinnern mochte, aber an ein Karbonpapier, das man nur in der Kindheit kennt, das eine Art Wunder bedeutet, weil es ferne Striche und Buchstaben fernen Blättern vermittelt und das noch umständlicheren Schmutz erzeugt als ein Tintenstift. Welch eine Frau! Sie war offenbar vom Lande, eine Winzerin, ihre roten Lippen waren so weit geöffnet, daß man den siegreichen und gefährlichen Glanz ihrer Zähne sehen konnte. Obwohl sie aus Papier war und offensichtlich ohne Unterleib, schien sie dennoch im ganzen Zimmer einen merkwürdigen und erregenden Duft von Fleisch, Milch und Sommerregen zu verbreiten, sie war lebendig und mehr noch: eine Persönlichkeit, Vertreterin alles Weiblichen und Irdischen. Mit ihr verband ich den Begriff des »Heidnischen« und der Liebe zuerst, und lange Jahre später, als ich in nachbarlichen Dörfern die Bauernmädchen suchte, trug ich ein kindisches Ver-

langen nach jener Kalenderfrau, und jedem roten Kopftuch, das zwischen Grün aufbrannte, entsprach ein kleines rotes Feuer in meinem Herzen. Ja, heute noch lebt in dem von Skepsis verschont gebliebenen Teil meiner Seele die Sehnsucht nach dem schwarzen Mädchen – und obwohl ich das kurze Haar der Frauen liebe, kann ich an die Zöpfe nicht ohne Wehmut denken.

Und jedes Jahr kam eine andere Frau. Es kamen Wandkalender mit sentimentalen, zarten, blonden Feen, mit halbwüchsigen Backfischen, die an Schokolade erinnerten, mit Feen, die Kränze im Haar trugen. Und jede Frau versank bis zur Brust im Körbchen, das, wie ich später einmal erfuhr, dazu dienen sollte, Briefe aufzubewahren, in dem ich aber gefundene Haarnadeln gerne verbarg. Aber soweit ich mich heute erinnere, wurden die Wandkalender immer sachlicher, nach den blassen Frauen kamen nur noch Firmeninschriften, es scheint, daß sich die Phantasie der Kalenderfabrikanten allmählich erschöpfte oder daß sie die Erfahrung gemacht hatten, daß die Reklame wirksamer sei, wenn kein Bild von ihr ablenke.

Vielleicht aber gab es diese Kalender auch später noch, nur ich sah sie nicht, weil ich inzwischen so groß geworden war, daß ich die Nägel überragte, an denen die Kalender hingen. Denn wir wachsen über unsere alten Freuden hinaus, andern entgegen, die so hoch hängen, daß wir sie nie erreichen.

Seine k. und k. apostolische Majestät

Es war einmal ein Kaiser. Ein großer Teil meiner Kindheit und meiner Jugend vollzog sich in dem oft unbarmherzigen Glanz seiner Majestät, von der ich heute zu erzählen das Recht habe, weil ich mich damals gegen sie so heftig empörte. Von uns beiden, dem Kaiser und mir, habe ich recht behalten – was noch nicht heißen soll, daß ich recht hatte. Er liegt begraben in der Kapuzinergruft und unter den Ruinen seiner Krone, und ich irre lebendig unter ihnen herum. Vor der Majestät seines Todes und seiner Tragik – nicht vor seiner eigenen – schweigt meine politische Überzeugung, und nur die Erinnerung ist wach. Kein äußerer Anlaß hat sie geweckt. Vielleicht nur einer jener verborgenen, inneren und privaten, die manchmal einen Schriftsteller reden heißen, ohne daß er sich darum kümmerte, ob ihm jemand zuhört.
Als er begraben wurde, stand ich, einer seiner vielen Soldaten der Wiener Garnison, in der neuen feldgrauen Uniform, in der wir ein paar Wochen später ins Feld gehen sollten, ein Glied in der langen Kette, welche die Straßen säumte. Der Erschütterung, die aus der Erkenntnis kam, daß ein historischer Tag eben verging, begegnete die zwiespältige Trauer über den Untergang eines Vaterlandes, das selbst zur Opposition seine Söhne erzogen hatte. Und während ich es noch verurteilte, begann ich schon, es zu beklagen. Und während ich die Nähe des Todes, dem mich noch der tote Kaiser entgegenschickte, erbittert maß, ergriff mich die Zeremonie, mit der die Majestät (und das war Österreich-Ungarn) zu

Grabe getragen wurde. Die Sinnlosigkeit seiner letzten Jahre erkannte ich klar, aber nicht zu leugnen war, daß eben diese Sinnlosigkeit ein Stück meiner Kindheit bedeutete. Die kalte Sonne der Habsburger erlosch, aber es war eine Sonne gewesen.

An dem Abend, an dem wir in Doppelreihen in die Kaserne zurückmarschierten, in den Hauptstraßen noch Paradenmarsch, dachte ich an die Tage, an denen mich eine kindische Pietät in die körperliche Nähe des Kaisers geführt hatte, und ich beklagte zwar nicht den Verlust jener Pietät, aber den jener Tage. Und weil der Tod des Kaisers meiner Kindheit genauso wie dem Vaterland ein Ende gemacht hatte, betrauerte ich den Kaiser und das Vaterland wie meine Kindheit. Seit jenem Abend denke ich oft an die Sommermorgen, an denen ich um sechs Uhr früh nach Schönbrunn hinausfuhr, um den Kaiser nach Ischl abreisen zu sehen. Der Krieg, die Revolution und meine Gesinnung, die ihr recht gab, konnten die sommerlichen Morgen nicht entstellen und nicht vergessen machen. Ich glaube, daß ich jenen Morgen einen stark empfindlichen Sinn für die Zeremonie und die Repräsentation verdanke, die Fähigkeit zur Andacht vor der religiösen Manifestation und vor der Parade des neunten November auf dem Roten Platz im Kreml, vor jedem Augenblick der menschlichen Geschichte, dessen Schönheit seiner Größe entspricht, und vor jeder Tradition, die ja zumindest eine Vergangenheit beweist.

An jenen Sommermorgen regnete es grundsätzlich nicht, und oft leiteten sie einen Sonntag ein. Die Straßenbahnen hatten einen Sonderdienst eingerichtet. Viele Menschen fuhren hinaus, zu dem höchst naiven Zweck der Spalierbildung. Auf eine sonderbare Weise vermischte sich ein sehr hohes, sehr fernes und sehr reiches Trillern der Lerchen mit den eilenden Schritten Hunderter Menschen. Sie liefen im Schatten, die Sonne erreichte erst die zweiten Stockwerke der

Häuser und die Kronen der höchsten Bäume. Von der Erde und von den Steinen kam noch nasse Kühle, aber über den Köpfen begann schon die sommerliche Luft, so daß man gleichzeitig eine Art Frühling und den Sommer fühlte, zwei Jahreszeiten, die übereinanderlagen, statt aufeinanderzufolgen. Der Tau glänzte noch und verdunstete schon, und von den Gärten kam der Flieder mit der frischen Vehemenz eines süßen Windes. Hellblau und straff gespannt war der Himmel. Von der Turmuhr schlug es sieben.
Da ging ein Tor auf, und ein offener Wagen rollte langsam heraus, weiße Pferde mit zierlichem Schritte und gesenkten Köpfen, ein regloser Kutscher auf einem sehr hohen Bock, in einer grau-gelben Livree, die Zügel so locker in der Hand, daß sie eine sanfte Mulde über den Rücken der Pferde bildeten und daß es unverständlich blieb, warum die Tiere so straff gingen, da sie doch offensichtlich Freiheit genug hatten, ein ihnen natürliches Tempo anzuschlagen. Auch die Peitsche rührte sich nicht, kein Instrument der Züchtigung, nicht einmal eins der Mahnung. Ich begann zu ahnen, daß der Kutscher andere Kräfte hatte als die seiner Fäuste und andere Mittel als Zügel und Peitsche. Seine Hände waren übrigens zwei blendende weiße Flecke mitten im schattigen Grün der Allee. Die hohen und großen, aber zarten Räder des Wagens, deren dünne Speichen an glänzende Dirigentenstäbe erinnerten, an ein Kinderspiel und eine Zeichnung in einem Lesebuch – diese Räder vollendeten ein paar sanfte Drehungen auf dem Kies, der lautlos blieb, als wäre er ein fein gemahlener Sand. Dann stand der Wagen still. Kein Pferd bewegte den Fuß. Kaum, daß eines ein Ohr zurücklegte – und schon diese Bewegung empfand der Kutscher als ungeziemend. Nicht, daß er sich gerührt hätte! Aber ein ferner Schatten eines fernen Schattens zog über sein Angesicht, so daß ich überzeugt war, sein Unmut käme nicht aus ihm selbst, sondern aus der Atmosphäre und über ihn. Alles

blieb still. Nur Mücken tanzten um die Bäume, und die Sonne wurde immer wärmer.

Polizisten in Uniform, die bis jetzt Dienst gemacht hatten, verschwanden plötzlich und lautlos. Es gehörte zu den kalt berechneten Anordnungen des alten Kaisers, daß kein sichtbar Bewaffneter ihn und seine Nähe bewachen durfte. Die Polizeispitzel trugen graue Hütchen statt der grünen, um nicht erkannt zu werden. Komiteemänner in Zylindern, mit schwarz-gelben Binden, erhielten die Ordnung aufrecht und die Liebe des Volkes in den gebührenden Grenzen. Es wagte nicht, die Füße zu bewegen. Manchmal hörte man sein gedämpftes Gemurmel, es war, als flüsterte es eine Ehrenbezeugung im Chor. Es fühlte sich dennoch intim und gleichsam im kleinen Kreis eingeladen. Denn der Kaiser war gewohnt, im Sommer ohne Pomp abzureisen, in einer Morgenstunde, die von allen Stunden des Tages und der Nacht gewissermaßen die menschlichste eines Kaisers ist, jene, in der er das Bett, das Bad und die Toilette verläßt. Deshalb hatte der Kutscher die heimische Livree, dieselbe fast, die der Kutscher eines reichen Mannes trägt. Deshalb war der Wagen offen und hatte hinten keinen Sitz. Deshalb befand sich niemand neben dem Kutscher auf dem Bock, solange der Wagen nicht fuhr. Es war nicht das spanische Zeremoniell der Habsburger, das Zeremoniell der spanischen Mittagssonne. Es war das kleine österreichische Zeremoniell einer Schönbrunner Morgenstunde.

Aber gerade deshalb war der Glanz besser wahrzunehmen, und er schien mehr vom Kaiser selbst auszugehen als von den Gesetzen, die ihn umgaben. Das Licht war besänftigt und also sichtbar und nicht blendend. Man konnte gleichsam seinen Kern sehen. Ein Kaiser am Morgen, auf einer Erholungsreise, im offenen Wagen und ohne Gesinde: ein privater Kaiser. Eine menschliche Majestät. Er fuhr von seinen Regimentsgeschäften weg, in Urlaub fuhr der Kaiser. Jeder

Schuster durfte sich einbilden, daß er dem Kaiser den Urlaub gestattet hatte. Und weil Untertanen sich am tiefsten beugen, wenn sie einmal glauben dürfen, sie hätten dem Herrn etwas zu gewähren, waren an diesem Morgen die Menschen am untertänigsten. Und weil der Kaiser nicht durch ein Zeremoniell von ihnen getrennt wurde, errichteten sie selbst, jeder für sich, ein Zeremoniell, in das jeder den Kaiser und sich selbst einbezog. Sie waren nicht zu Hof geladen. Deshalb lud jeder den Kaiser zu Hof.

Von Zeit zu Zeit fühlte man, wie sich ein scheues und fernes Gerücht erhob, das gleichsam nicht den Mut hatte, laut zu werden, sondern nur gerade noch die Möglichkeit, »ruchbar« zu sein. Es schien plötzlich, daß der Kaiser schon das Schloß verlassen hatte, man glaubte zu fühlen, wie er im Hof das Gedicht eines deklamierenden Kindes entgegennahm, und wie man von einem herannahenden großen Gewitter zuerst den Wind verspürt, so roch man hier von dem herannahenden Kaiser zuerst die Huld, die vor den Majestäten einherweht. Von ihr getrieben, liefen ein paar Komiteeherren durcheinander, und an ihrer Aufregung las man wie an einem Thermometer die Temperatur, den Stand der Dinge ab, die sich im Innern zutrugen.

Endlich entblößten sich langsam die Köpfe der vorne Stehenden, und die rückwärts standen, wurden plötzlich unruhig. Wie? Hatten sie etwa den Respekt verloren?! Oh, keineswegs! Nur ihre Andacht war neugierig geworden und suchte heftig ihren Gegenstand. Jetzt scharrten sie mit den Füßen, sogar die disziplinierten Pferde legten beide Ohren zurück, und es geschah das Unglaublichste: Der Kutscher selbst spitzte die Lippen wie ein Kind, das an einem Bonbon lutscht, und gab dermaßen den Pferden zu verstehen, daß sie sich nicht so benehmen dürfen wie das Volk.

Und es war wirklich der Kaiser. Da kam er nun, alt und gebeugt, müde von den Gedichten und schon am frühen

Morgen verwirrt von der Treue seiner Untertanen, vielleicht auch ein wenig vom Reisefieber geplagt, in jenem Zustand, der dann im Zeitungsbericht »die jugendliche Frische des Monarchen« hieß, und mit jenem langsamen Greisenschritt, der »elastisch« genannt wurde, trippelnd fast und mit sachte klirrenden Sporen, eine alte schwarze und etwas verstaubte Offiziersmütze auf dem Kopf, wie man sie noch zu Radetzkys Zeiten getragen hatte, nicht höher als vier Mannesfinger. Die jungen Leutnants verachteten diese Mützenform. Der Kaiser war der einzige Angehörige der Armee, der sich so streng an die Vorschriften hielt. Denn er *war* ein Kaiser.
Ein alter Mantel, innen verblaßtes Rot, hüllte ihn ein. Der Säbel schepperte ein wenig an der Seite. Seine stark gewichsten, glatten Zugstiefel leuchteten wie dunkle Spiegel, und man sah seine schmalen, schwarzen Hosen mit den breiten, roten Generalsstreifen, ungebügelte Hosen, die nach alter Manier rund waren wie Röllchen. Immer wieder hob der Kaiser seine Hand salutierend an das Dach seiner Mütze. Dabei nickte er lächelnd. Er hatte den Blick, der nichts zu sehen scheint und von dem sich jeder getroffen fühlt. Sein Auge vollzog einen Halbkreis wie die Sonne und verstreute Strahlen der Gnade an jedermann.
An seiner Seite ging der Adjutant, fast ebenso alt, aber nicht so müde, immer einen halben Schritt hinter der Majestät, ungeduldiger als diese und wahrscheinlich sehr furchtsam, von dem innigen Wunsch getrieben, der Kaiser möchte schon im Wagen sitzen und die Treue der Untertanen ein vorschriftsmäßiges Ende haben. Und als ginge der Kaiser nicht selbst zum Wagen, sondern als wäre er imstande, sich irgendwo im Gewimmel zu verlieren, wenn der Adjutant nicht da wäre, machte dieser fortwährend winzige, unhörbare Bemerkungen an dem Ohr des Kaisers, der sich wirklich nach jedem Flüstern des Adjutanten in eine andere Richtung, fast unmerklich, wandte. Schließlich hatten beide den

Wagen erreicht. Der Kaiser saß und grüßte noch lächelnd im Halbkreis. Der Adjutant lief hinten um den Wagen herum und setzte sich. Aber ehe er sich noch gesetzt hatte, machte er eine Bewegung, als wollte er nicht an der Seite des Kaisers, sondern ihm gegenüber Platz nehmen, und man konnte deutlich sehen, wie der Kaiser etwas rückte, um den Adjutanten aufzumuntern. In diesem Augenblick stand auch schon ein Diener mit einer Decke vor den beiden, die sich langsam über die Beine der beiden Alten senkte. Der Diener machte eine scharfe Wendung und sprang, wie von einem Gummi gezogen, auf den Bock, neben den Kutscher. Es war des Kaisers Leibdiener. Er war fast so alt wie der Kaiser, aber gelenkig wie ein Jüngling; denn das Dienen hatte ihn jung erhalten, wie das Regieren seinen Herrn alt gemacht hatte.

Schon zogen die Pferde an, und man erhaschte noch einen silbernen Glanz vom weißen Backenbart des Kaisers. »Vivat!« und »Hoch!« schrie die Menge. In diesem Augenblick stürzte eine Frau vor, und ein weißes Papier flog in den Wagen, ein erschrockener Vogel. Ein Gnadengesuch! Man ergriff die Frau, der Wagen hielt, und während Zivilpolizisten sie an den Schultern griffen, lächelte ihr der Kaiser zu, wie um den Schmerz zu lindern, den ihr die Polizei zufügte. Und jeder war überzeugt, der Kaiser wisse nicht, daß man jetzt die Frau einsperren würde. Sie aber wurde in die Wachstube geführt, verhört und entlassen. Ihr Gesuch sollte schon seine Wirkung haben. Der Kaiser war es sich selbst schuldig.

Fort war der Wagen. Das gleichmäßige Getrappel der Pferde ging unter im Geschrei der Menge. Die Sonne war heiß und drückend geworden. Ein schwerer Sommertag brach an. Vom Turm schlug es acht. Der Himmel wurde tiefblau. Die Straßenbahnen klingelten. Die Geräusche der Welt erwachten.

Little Titch

Little Titch war ein winziger Mann mit einem riesengroßen Kopf. Seine Augen waren zwei dunkelblaue Glaskugeln, seine Ohren rot wie Mohn, ein blutiger Zorn flammte in ihnen, der Zorn des kleinen Mannes Little Titch. Das Gesicht färbte sich violett wie eine große Rübe. Eine Laune der Natur, stand der Zwerg auf der Bühne. Sein strammer, rundlicher Rumpf erinnerte an ein Fäßchen, bis an den Rand mit kochendem Ingrimm gefüllt, von Rippen und Weste umreift und vor dem Zerplatzen bewahrt. Die Händchen schlenkerten. Jedes hatte sechs Finger. Little Titch schämte sich ihrer und verbarg sie. Er verbarg die Hände in den Fäusten.
Manchmal hielt er ein dünnes Stöckchen in der Hand. Es war ein ganz natürlicher unnatürlicher Auswuchs, eine Art langer, siebenter Finger. Er peitschte mit ihm die Luft und fuchtelte sich gleichzeitig Kühlung zu. Eine Weile blickte er versonnen vor sich hin, dann holte er aus und hieb drein. Er hatte ein Luftmolekülchen erwischt und erschlagen. Aber der Sieg beruhigte ihn nicht. Mit seinen langsohligen, weichen Clownschuhen, die an Fliegenklappen erinnerten, sprang er zwei Schritte vor, ein Nichts verfolgend, das ihm entwichen war. Mit den langen Sohlen erteilte er dem Fußboden Ohrfeigen, während soeben sein Stöckchen den Feind erhaschte. Plötzlich fiel es ihm aus der Faust. Es fühlte sich offenbar mißbraucht und wollte nicht mehr aufstehen. Es hatte auf einmal seine Elastizität entdeckt und benützte sie, um dem Herrn zu entweichen. Kaum hatte sich Little Titch

gebückt, sprang es von ihm fort. Er verfolgte das Stöckchen mit dem Fuß. Er trat ihm auf den Schwanz, und es schnellte dennoch davon.

Ein kleines, teigiges Filzhütchen, das Little Titch auf dem Kopfe trug, hüpfte bei dieser Gelegenheit auf den Boden. Es war ihm offenbar auf dem siedenden Haupt zu heiß geworden. Da aber der Stock in diesem Augenblick wichtiger war als alles andere, hatte es nicht das geringste Aufsehen erregt. Es machte sich in einer eminent wichtigen Situation nur lästig. Es überschätzte sich einfach. Es war so wenig wichtig, daß Little Titch nach dem Hütchen nur mit einer Hand schnappte, einer einzigen Hand, die schon dadurch allein, daß sie nach einer Nebensächlichkeit griff, selber nebensächlich geworden war, direkt eine Vize-Hand. Noch galt des kleinen Mannes ganzes Wüten und Haschen dem Stöckchen, sein großer Haß kochte gegen die treulose Waffe, die ihn im Augenblick höchster Gefahr verlassen hatte, da er von Millionen feindlichen Luftteilchen umzingelt und ernstlich gefährdet war – und schon hüpfte das Hütchen auf den Boden und begann mit seinem Herrn zu spielen wie die Maus mit der Katze.

Eine Sekunde lang war Little Titch ratlos. Er starrte geradeaus und rührte sich nicht. Aus seinem Innern kamen rätselhafte Laute, man glaubte, den Haß im Rumpf brodeln zu hören, es war, als kämpfte ein Bauchredner mit der Sprache und könnte das entscheidende Wort in den Eingeweiden nicht finden. Auf einmal – und ehe das Stöckchen noch die leiseste Ahnung haben konnte – machte der kleine Mann einen jähen Sprung mit beiden Füßen. Er hatte es überrumpelt. Es gab sich ihm von selbst willig in die Hand. Und er begann, damit nach dem Hütchen zu haschen.

Es dauerte verhältnismäßig nicht mehr lange, und schon hatte der Stock den Hut aufgespießt. Little Titchs Zorn war verrauscht. Erschlagen alle Feinde aus Luft und Nichts, die unwillige Waffe wiedergewonnen und untertan gemacht und selbst das Hütchen erhascht. Die roten Ohren entfärbten sich allmählich. Die dunkelblauen Kugelaugen rollten gemächlich unter die Lider zurück, und um den bösen, winzigen Mund des kleinen Mannes begann irgendein Ding zu huschen, das bei jedem anderen den Anfang eines Weinens bedeutet hätte, bei Little Titch aber schon ein ausgewachsenes Lächeln war. Er wirbelte noch ein paarmal das Hütchen auf der Stockspitze wie eine gleichgültige, ja etwas verächtliche Trophäe. Es schien nunmehr, daß dem Sieger der große Aufwand leid tat, den er für die Schlacht verschwendet hatte. Aber der Beifall der Menge veranlaßte ihn, sichtlich geschmeichelt hinter dem Vorhang zu verschwinden.

Was nun hinter dem Vorhang mit dem kleinen Mann geschah, kümmerte mich ebenso wie alles, was ich von ihm gesehen hatte. Denn es war nicht ein Programm, das er auf der Bühne gezeigt hatte und aus dem er sich noch in ein Privatleben zurückziehen konnte. Es war vielmehr ein Zornausbruch, berechnet für die Dauer einer Viertelstunde am Abend, aber tagsüber sorgfältig gedämpft, mühsam geduckt und dennoch mit Eifer vorbereitet. Little Titch konnte keine Ferien haben. An den Abenden, an denen er nicht auftrat, mochte er sich etwa in einen Park begeben und seinen Grimm in einer einsamen Allee entladen. Vierundzwanzig Stunden brodelte es in ihm, bis er am Abend explodierte. Sein kleiner Körper konnte die Bosheit nicht fassen. Er produzierte sich nicht, er ärgerte sich nur. Er war ausgesprochen böse; nicht schlecht, sondern böse. Seine ganze Existenz war ein einziger Ärger, und alle Erregungen, die sein Gemüt erfuhr, fanden nur *einen* Ausdruck: den Ärger. Über eine große Freude mußte er sich ärgern, um sich vielleicht erst darüber freuen zu können. Der Ruhm und dessen Kundgebung, der Applaus, brachten Little Titch gerade

noch eine Erleichterung. Aber hinter der Kulisse schwoll wahrscheinlich bereits ein Grimm über den Applaus, und er hätte wieder hinausgehen mögen, um es den Kerlen, den Luftmolekülen und dem Hütchen, noch einmal zu zeigen.
Daß Little Titch jemals aufhören könnte, dieses Hütchen zu tragen, als besänftigende Trophäe und chronischen Wuterzeuger zugleich, wäre mir niemals eingefallen, wenn ich nicht dem kleinen Mann einmal auf dem Korso der Champs-Élysées begegnet wäre. Es war ein soignierter Frühlingsabend. Der milde und urbane Sonnenuntergang schien eher mit den silbernen Laufschriften verwandt zu sein als etwa mit den rötlichen Wölkchen am Horizont. In diesen noblen und leichtparfümierten abendlichen Frieden, in dem schon die geschminkten Lippen der Frauen ein bißchen zu laut waren, brach erschreckend die komische Gestalt Little Titchs ein, und weil er so unwahrscheinlich normal und sanft einherschlenderte, an der Seite einer großen blonden und eleganten Frau, wurde die Sanftmut des Abends ebenso unglaubhaft wie seine eigene. Wenn er noch wenigstens sein Hütchen gehabt hätte! Aber er trug einen hellgrauen, steifen Hut mit schwarzem, breitem, gerripptem Band, und an seinem Ärmchen hing ein dicker, gelber Spazierstock aus Bambus mit Knoten, unten amputiert, ein Stockstumpf. Das violette Angesicht war nach oben gewendet, wie um sich einen Schimmer von der blonden Schönheit auszuleihen. Man konnte die Dame lachen hören – und man war ihr dafür dankbar. Denn es war, als reparierte sie durch ihre Heiterkeit ein Versehen der Natur und als wüchse Little Titch in dem befruchtenden Klang um einige Zentimeter...
So behielt ich ihn im Gedächtnis, bis ich von seinem plötzlichen Tod erfuhr. Er starb vor einigen Wochen, sechzig Jahre alt. Es muß ein Abend gewesen sein, jenem ähnlich, an

dem ich ihn zuletzt gesehen habe. Und ich hoffe, daß der Tod das Angesicht und das Lachen der blonden Dame anlegte, als er kam, den Kleinen in die Champs-Élysées zu begleiten.

Geschenk an meinen Onkel

Mein Onkel Auerbach ist Kolonialwarenhändler. Sein Laden, dessen schmale Tür und dessen kleines Schaufenster die rätselhafte und beinahe unheimliche Tiefe des Magazins nicht ahnen lassen, befindet sich in einer der alten, schönen Gassen der inneren Stadt. Die Tür hat noch einen mechanischen Glockenzug, wahrscheinlich aus der Zeit des alten Auerbach, des Vaters meines Onkels – und seit meiner Jugend verbinde ich mit dem Gedanken an meinen Onkel, seinen Laden, seine Familie und selbst an seine alte Köchin den schmetternden und dennoch sanften, sozusagen goldenen Alarm der Glocke an der Geschäftstür. In meiner Jugend, als mir noch die Namen exotischer Inseln und Städte eine vage Vorstellung vermittelten und Begriffe einer Art romantischer Geographie waren, hörte ich den beharrlichen, starken und geheimnisvollen Klang der Glocke, wenn man die Namen ferner Ortschaften und Inseln aussprach, Jamaika, Honduras, Costa Rica, Sumatra, Borneo und Guatemala. Diese Namen kamen nämlich im Laden meines Onkels und in seinen Gesprächen fast immer vor. Sie bezeichneten bestimmte Sorten von Tee, Kaffee und Rum, standen gedruckt in blauen, roten und goldenen Buchstaben auf den papiernen Binden bauchiger, breiter und schlanker, eleganter Flaschen und auf den kleinen Würfelpäckchen mit den kreuzförmig gebundenen zarten rot-weiß-grünen und schwarz-gelben Schnürchen, deren Enden durch eine einzige Bleiplombe zusammengehalten waren.

Mein Onkel ist ein sparsamer Mann. Ja, in Zeiten, in denen es mir sehr schlechtging, war ich geneigt, ihn einen Geizigen zu nennen oder sogar einen »Geizkragen«. Niemals bekam ich von ihm ein Päckchen Schokoladepulver, als ich jung war, und später niemals eine Flasche Rum. Niemals kaufte er mir ein Buch – wie andere Onkel es manchmal zu tun pflegen –, sondern er schenkte mir zu den üblichen Gelegenheiten alte und reizvolle, aber zerlesene Bücher mit schütter gewordenen Blättern, Bücher, mit denen kein Staat zu machen war und die ich nicht herzeigen konnte.
Sie stammten aus seiner Jugend und aus seiner Bibliothek. Es waren, wie ich erst heute weiß, schöne Bücher, vergessene Titel, vergessene Autoren, veraltete Reisebeschreibungen. Sie handelten von jenen wilden Völkern, deren Söhne heute in den Music-Halls ihre kupfer- und bronzefarbene Mondänität darbieten oder auf Kongressen unterdrückter Minoritäten ihre nationalen Rechte verteidigen. Keineswegs aktuelle Bücher! Sie vermitteln mir falsche Begriffe von fernen Ländern und Völkern. Der Onkel Auerbach hatte die gleichen.
In seinem Zimmer, bei ihm zu Hause, habe ich nie andere Bücher gesehen. Er besaß nicht einmal die Werke der klassischen Autoren, die in den bürgerlichen Häusern aller meiner Verwandten die wichtige Rolle von Möbelgegenständen spielen, von unberührbaren, leichtzerbrechlichen, zum kulturellen Komfort gehörenden. Der Onkel Auerbach las nicht mehr, aber er kaufte auch keine Bücher mehr – seitdem er angefangen hatte, mir eines seiner alten Werke nach dem andern zu schenken. Er besaß noch viele, und ich wuchs schneller, als er gedacht hatte. Bald fand ich mich in dem Alter, in dem man nach Auerbachs Meinung keine Reisebücher mehr zu lesen hat. Der Rest liegt bei ihm und wird von den Kindern der kommenden Motoren- und Aviatiker-Generation wohl nicht mehr gelesen werden.
Der Onkel Auerbach liest prinzipiell nicht in Büchern. Er

liebt nichts »Belletristisches«. Ja, selbst wenn er die Zeitung in die Hand nimmt, behütet er seinen Blick vor dem sogenannten »Feuilleton« – und der traditionelle »Strich«, der es von der Politik trennt, bildet die Grenze seiner Interessen und seiner Neugier. »Du schreibst jetzt in der Zeitung?« fragte er mich einmal. »Ja«, sagte ich. »Wieviel Leitartikel schreibst du in der Woche?« »Gar keinen.« »Du schreibst am Ende unter dem Strich?« »Ja, manchmal.« »Dann werde ich die Tante fragen, ob du einen guten Stil hast!« Und Schluß! Nie mehr sprach er ein Wort über meinen Beruf mit mir. Nur einmal, als eine Kritik über eines meiner Bücher durch einen Zufall in dem Blickfeld meines Onkels über dem Strich erschien, sagte er mir bitter: »Ich habe eine Besprechung deines Romans gelesen. Man druckt jetzt *alles* in den Zeitungen!« –
Nie hat mein Onkel das Meer gesehen. Ich hielt ihn lange Zeit für eine prinzipiell kontinentale Natur. Aber einmal, in seinem Laden, fünf Minuten vor Geschäftsschluß – ich war eingetreten, um eine Flasche Cognac zu kaufen –, sagte mein Onkel: »Das Personal verschwindet heutzutage eine Stunde vor dem Chef! Und die Kunden kommen alle vor Torschluß!« Und er ging selbst eine alte Leiter hinauf und kam mit zwei Flaschen zurück. »Möchtest du nicht lieber eine Flasche Rum?« fragte er. »Ich habe noch zufällig einen alten Jamaika – aber einen, wie du ihn nicht mehr bekommst. Man sagt sonst immer: Jamaika! Und hat keine Ahnung! Jamaika! Es ist ein guter Rum!«
»– Und ein schöner Name!« sagte ich leichtfertig. Zu meiner größten Verwunderung ging Auerbach darauf ein: »Ein schöner Name!« wiederholte er und ging in die Ecke und holte die Schlüssel und schloß die Tür ab. Dann verließen wir den Laden durch die Flurtür. »Beinah wäre ich nach Jamaika selbst gekommen!« sagte er, als wir in die Straße traten und in den Regen und mein Onkel den Schirm auf-

spannte. Und während wir durch den abendlichen Regen gingen, erzählte Auerbach, daß er in seiner Jugend zur See hatte gehen wollen, um die Herkunftsorte all der Waren kennenzulernen, die im väterlichen Laden aufgestapelt lagen. Aber der Vater starb, ein Bruder wurde Rechtsanwalt, die Mutter lebte noch und mußte erhalten werden. So verzichtete mein Onkel auf das weite Meer und die Inseln. Ich erinnerte mich an die Reisebeschreibungen, die er mir geschenkt hatte, erwähnte sie aber nicht. Es wurde mir auf einmal klar, weshalb mein Onkel manchmal, wenn er die Brille ablegte, einen so blauen Glanz in den kleinen Augen erzeugte; weshalb ein Fernrohr, das nie benutzt wurde, auf seinem Schreibtisch lag und ein kleiner Kompaß an seiner Uhrkette hing. Und von nun an dachte ich beim Anblick seines schönen, weißen Backenbarts an zwei Segel und auch an Möwen...
Jedes Jahr zu Weihnachten schenkte ich ihm eine Kleinigkeit: eine überflüssige Dose, einen Aschenbecher, eine Füllfeder, ein Notizbuch, eine Brieftasche. Er gab mir immer ein winziges Musterfläschchen Alkohol, das ich in der Westentasche mitnehmen konnte. Seitdem ich seine Geschichte kannte, brachte ich ihm einen Atlas, einen Kompaß, ein kleines Stundenglas. Schließlich kenne ich keine seemännischen Gegenstände und Symbole mehr. Ich bin entschlossen, ihm in diesem Jahr *Bücher* zu schenken – und weil es einen Wagemut bedeutet, ihm ein Interesse an »Belletristik« zuzumuten, will ich ihm folgendes sagen:
»Lieber Onkel, ich weiß, daß Sie keine Bücher lesen. Trotzdem gebe ich Ihnen einige. Ein Mann hat sie geschrieben namens *Joseph Conrad*. Er war ein Pole von Geburt. Er wurde im tiefsten Kontinent geboren, nämlich in Wollynien, zwischen dem fünfundzwanzigsten und dem dreißigsten Längengrad östlich von Greenwich, und seine Muttersprache war die polnische, die zu den kontinentalsten Spra-

chen der Welt gehört. Aber er ging mit 16 Jahren nach Marseille, bestieg ein Schiff, wurde ein Matrose und fuhr durch die Meere und wurde einer der größten Meister der ozeanischen Sprachen: der englischen. Und dies sind seine Bücher. Sie sind bewegt wie das Meer und ruhig wie das Meer und tief wie das Meer. Sie sind nicht mehr jung, lieber Onkel. Sie werden den Ozean nicht mehr kennenlernen, die Schiffskarten sind zu teuer. Lesen Sie den Ozean!« –
Und Auerbach wird zum Kasten gehen und mir ein winziges Fläschchen Cognac für die Westentasche schenken. –

Die zweite Liebe

Vorwort

Einmal, als ich gerade in einer Stimmung war, in der man jede Sentimentalität verachtet, weil man dringend Geld braucht und imstande ist, selbst ein Gefühl wie das der Pietät sentimental zu nennen, versprach ich einem Herausgeber, die Geschichte meiner ersten Liebe niederzuschreiben. Sie lag immerhin siebzehn Jahre zurück, in meinem Gedächtnis aufbewahrt wie eine Blume in einem Buch, niemals nachgesehen und niemals in ihrer ehrenvollen Situation gestört. Sie befand sich zwar im Gedächtnis, wie gesagt, aber die Erinnerung, die etwas anderes ist, nämlich eine rege, forschende und mahnende Schwester des Gedächtnisses, die Erinnerung holte niemals die erste Liebe hervor. Erst als ich mich entschloß, sie zu beschreiben, belebte sie sich, bekam Farben, trat in die Gegenwart, färbte sichtbar jede meiner Stunden, und es war, als machte sie mir auf diese angenehme, ja sublime Art Vorwürfe, auf eine Art, wie sie eben einer ersten Liebe entspricht.
Ich sah, daß es mir unmöglich sein würde, sie zu beschreiben. Es waren nicht Bedenken, die mich gehindert hätten, es war mehr: eine Art Angst, kindisch, primitiv, nicht abergläubisch, denn es war keine Angst vor möglichen Konsequenzen, sondern eine Angst schlechthin, ohne Grund, ähnlich der Furcht vor gewöhnlichen, aber dennoch unbegreiflichen Erscheinungen. Und ebenso, wie man aus Eigen-

liebe sich selbst mit einem Trost zufriedengeben kann, obwohl man weiß, daß er billig ist, so begnüge ich mich schließlich mit der Geschichte meiner zweiten Liebe, die ich Ihnen im folgenden erzählen will.

1. Kapitel

Das Mädchen, dem meine zweite Liebe galt, wohnte außerhalb der Stadt, in der Nähe eines Waldes, in dem ich manchmal spazierenging – nicht aus Liebe zu ihm, sondern aus Liebe zu dem Mädchen, das wieder allerdings nur aus ehrenhafter, sogar keuscher Begeisterung für die Natur den Wald aufsuchte. Nachdem wir uns ein paarmal begegnet waren, begann ich sie zu grüßen. Und um zu erproben, ob unsere Beziehungen auch ohne den Wald bestehen und sich entwickeln könnten, ferner um ihn, der unsere Bekanntschaft vermittelt hatte, nun auch als eine Art Bindemittel gebrauchen zu können, wartete ich zu jenen Zeiten, in denen das Mädchen die Stadt aufzusuchen pflegte, auf der einzigen Straße, durch die sie gehen mußte. Eines Tages, die Straße war leer, grüßte ich das Mädchen mit einem so andächtigen Blick und einem so tief gezogenen Hut, daß schon mein Gruß ein Kompliment wurde, von der Art, wie man sie Königinnen machen darf. Irgendeine Wirkung hatte ich vorausgesehen. Ich stellte mir vor, das Mädchen würde verlegen werden, rot, wehrlos, ein Zustand also, in dem wenig Mut dazu gehörte, sie anzusprechen. Das Mädchen aber blieb stehen, lächelte und sagte: »Warum kommen Sie nicht mehr in den Wald? Ich habe Sie schon drei Tage vermißt!«
Ich hörte zuerst ihre Stimme und dann erst, in einem Abstand von Sekunden, ihre Worte. Es war, als kämen Klang und Begriff nicht gleichzeitig, sondern als breitete sie zuerst

vor mir ihre Stimme aus, auf der dann die Worte einherschritten wie helle Gestalten auf einer dunklen Wiese.
Deshalb fand ich keine Antwort. Ich sagte etwas, was sie endlich verwirren mußte, weil es gar nicht zur Sache gehörte. Ich sagte: »So was kann vorkommen!«
Es war, wenn es überhaupt etwas bedeuten konnte, ungefähr der gestammelte Ausdruck meines Staunens darüber, daß sie mich wirklich vermißt hatte. So kamen wir ins Gespräch, das heißt: in kein Gespräch. Denn ich begleitete das Mädchen lange stumm, und als sich die ersten Häuser der Stadt zeigten, sagte ich: »Sie haben nichts dagegen, daß ich Sie begleite?« Als wäre dieser ganze lange Weg, den wir schon zurückgelegt hatten, noch eine unmittelbare Fortsetzung unserer Begegnungen im Walde und als begänne hier erst, im Anblick der Stadt, eigentlich meine Begleitung.
Ich nannte meinen Namen, sie erwiderte mit dem ihrigen. »Ihr Vorname?« fragte ich. »Was liegt Ihnen daran?« Ich hatte endlich das Thema, das mir zur Sicherheit verhelfen konnte. Hätte sie mir ihren Vornamen gesagt, ich wäre vielleicht stumm geblieben. Da sie mir ihn aber vorenthielt, konnte ich in einer Weise, von der ich überzeugt war, daß sie geistreich sei, erklären, bei Frauen sei der Vorname sehr wichtig.
Dennoch verriet sie ihn nicht. Wir gingen in einige Läden einkaufen. Wir blieben vor vielen Schaufenstern stehen. Wir gingen in einen Park, setzten uns in eine abgeschiedene Allee – nicht, weil wir etwa Bewegungen oder Worte vor den Menschen zu verbergen hatten, sondern um uns selbst zu diesen Bewegungen und Worten zu ermuntern. Es war grün, dunkel und still, aber der tiefe Schatten selbst, der hier herrschte, war von Sonne durchtränkt, so daß man ihr Gewicht fühlte, obwohl man ihr Licht nicht sah. Aus einer unermeßlichen Ferne kamen Geräusche der Stadt, wie Lebenszeichen einer versunkenen Welt. In unserer Nähe zwit-

scherten Vögel – und obwohl ich wußte, daß es gewöhnliche Spatzen waren, sagte ich wie einer, der mit der Natur außerordentlich vertraut ist: »Das war ein Stieglitz.« »Er ist gewiß aus einem Käfig davongeflogen!« sagte das Mädchen, und nichts konnte ihre Zuneigung zu mir besser beweisen als diese horrende Verwechslung. Ich hätte auch »Kanarienvogel« sagen können oder »Papagei«. Ich erinnere mich noch genau, wie wir auf der Bank, in deren Mitte wir zuerst saßen, immer näher zueinanderrückten. Aber sooft wir schon so nahe waren, daß ich eine gute, weiche Wärme an meinem Arm fühlte, wie man etwa, solange man sehr jung ist, eine Vorfreude an der Haut fühlen kann, rückte das Mädchen auf einmal ein Stückchen weiter und schob zwischen uns Luft, die ich als kalt empfand, obwohl der Tag sehr heiß war.

In dieser Allee kam es zu nichts. Als wir sie verließen, war der Abend schon in der Stadt, rötlich, golden, mit einer tiefblauen, klargezackten Wolkenwand im Westen und dem Orangenrot, das Wind für den nächsten Tag anzukündigen pflegt und das mich plötzlich, als hätte ich mich schon so lange nach Wind gesehnt, in einen begeisterten Taumel versetzte. Ja, Wind! das konnte man brauchen.

Wir gingen durch die dunkle Straße, die zum Haus des Mädchens führte. Wir blieben nicht auf einer Straßenseite. Wir wechselten hinüber und zurück und wußten wahrscheinlich nicht, daß wir den Weg also verlängerten. Hinter einem Zaun stieß ein Hund ein stürmisches Gebell aus. Das Mädchen faßte nach meinem Arm. Das Bellen war so nahe, daß sie in der Dunkelheit glauben konnte, der Hund befände sich nicht hinter dem Zaun, sondern unmittelbar vor uns. Ich aber, der ich diese Möglichkeit auch einen Augenblick überlegte, erschrak dennoch nicht. Denn es ist zwar nicht richtig, daß der Mann im allgemeinen ruhiger sei als die Frau; aber er ist ruhig, wenn er verliebt ist. Und ich war bereits verliebt.

Einen Augenblick später teilte mir das Mädchen mit, leise und mit einer Stimme, die wie ein Vorbote einer Umarmung war, daß sie Lisa heiße. Und als wäre das ein Grund oder eine Vorbedingung, begannen wir uns zu küssen, heftig und beide erschrocken, wie in einem Zorn, und nicht, wie um unsere Liebe zu gestehen, sondern wie um unsere Kräfte aneinander zu messen. Es dauerte lange und behielt doch eine konstante Heftigkeit. Es war wie ein Blitz, der nicht zuckt, sondern lange flammt.

Damit hatte unsere Liebe begonnen, und sie sah aus, wie man sie sich vorstellen kann, nachdem man alle anderen Umstände kennt: unsere Jugend, den Sommer und den Wald.

2. Kapitel

Eines Tages sagte Lisa, sie werde morgen Besuch bekommen, eine Cousine aus der großen Stadt. Ich begann, diese Cousine sofort zu hassen mit der ganzen jäh aufbrechenden Wut eines tödlich Beleidigten. Und statt ruhig zu überlegen, wie wir trotz der Cousine unsere Liebe weiterführen könnten – wie ich heute überlegen würde, da ich so häufig weise und so niemals verliebt bin –, geriet ich in Zorn und gab Lisa beim Abschied eine trockene, kalte Hand.

Die Cousine – sie erschien mir häßlich, schlecht angezogen, unmanierlich, boshaft und dumm – blieb acht Tage. Ich begleitete beide Mädchen, trank mit ihnen Kaffee und Schokolade in Konditoreien und war beiden gleich fremd. Lisa schien sich meiner kaum zu erinnern. Sie machte Witze über mich. Manchmal begannen beide Mädchen miteinander zu flüstern – eine halbe Stunde lang, in der ich ausgeschaltet war aus ihrer Nähe. Sie ließen einen Vorhang aus Stille fallen und unterhielten sich dahinter. Ich weiß heute, daß sie ganz un-

bedeutende Dinge besprachen, die sie auch laut hätten sagen können. Ich erfuhr es später und werde noch erzählen, von wem.
Als die Cousine verreist war, schien mir Lisa verwandelt. Wir sprachen miteinander, manchmal flog ein Lachen zwischen uns auf wie ein seltener weißer fremder Vogel. Aber die Worte, die wir einander sagten, hatten eine ganz einfache Bedeutung, sie waren, was sie hießen, während sie früher Symbole gewesen waren, nicht Laute, sondern Türen und Tore zu großen Welten, in die wir blickten und in die wir oft auch eintraten. Jetzt reihten sich unsere Worte aneinander wie in einem Wörterbuch. Einmal im Walde, nach einer langen Stille, begann ich, ihre Hand zu streicheln. Aber sie stand sofort auf, und ich fühlte, daß sie mir nicht Unrecht tat, denn ich hatte nach ihrer Hand gegriffen, nicht mit der Leidenschaft von einst, sondern nur, um mich an jene Leidenschaft zu erinnern. So wie einer, der in einer bestimmten Stadt einmal sehr glücklich war, nach Jahren noch einmal in diese Stadt kommt, weil er glaubt, er werde durch die Wiederholung der Situation auch das Glück wiederholen.
Seit damals trafen wir uns nicht mehr. Wir vermieden auch, uns zu treffen.

3. Kapitel

Einige Jahre später traf ich in der großen Stadt die Cousine. Im Gegensatz zu Lisa hieß sie Margot. Sie gefiel mir. Sie war elegant, witzig, übermütig. Sie vermittelte mir eine Ahnung von der großen Welt, an deren Glanz ich damals noch glaubte.
Margot erzählte mir, daß sie mich auch vor einigen Jahren schon sehr liebenswert gefunden hätte. Infolgedessen hätte

sie auch gleichgültige Dinge mit ihrer Cousine so leise besprochen. Das sei ein Beweis für Liebe, erklärte sie.
Ich erwiderte, daß ich jetzt in der Lage sei, neue Beweise zu erwarten. Sie antwortete. Und mit ihrer Antwort beginnt meine dritte Liebe, von deren Verlauf zu erzählen ich aber nicht mehr verpflichtet bin.

Der Nachtredakteur Gustav K.

Gustav K. war ein Nachtredakteur.
Das Blatt erschien jeden Morgen um drei Uhr. Jede Nacht um elf Uhr dreißig erschien der Nachtredakteur.
Er war frisch rasiert, frisch gewaschen, ausgeruht, nach Seife duftend und Menthol. Ein vorausgeeilter Teil des nächsten Morgens.
Er schien die Müdigkeit der anderen nicht zu begreifen. Erfrischt von seiner Morgenwanderung durch die nächtlichen Straßen, betrat er ahnungslos die Gesellschaft der Erschlafften, klopfte den Stehenden auf die Schultern, den Sitzenden auf die Knie und wunderte sich, daß sie zusammenfielen, morsche Gerüste.
Er schien sich für den Gesündesten zu halten. Ja, es war, als ob er sich jede Nacht aufs neue seine eigene Stärke absichtlich demonstrierte, um sein schwächliches Aussehen, seine mageren Glieder, sein blaßgelbes Gesicht zu dementieren.
Zwei Stunden später war auch er verwandelt. In zweimal sechzig Minuten hatte er einen zwölfstündigen Arbeitstag zurückgelegt.
In seinem dünnen Angesicht flossen die Schatten der Sorgen mit den zufälligen fetten Spuren der Druckerschwärze zusammen, die ein achtloser Finger hinterlassen hatte. Die gescheitelten dünnen, schwarzen Haare standen wie Drähtchen und winzige Spirälchen. Die Ränder der Fingernägel waren auf einmal schief geschnitten, wenigstens schienen die lila Flecken unaufhörlich nachgespitzter Tintenstifte die Un-

regelmäßigkeit der Nagelformen sichtbar zu machen. Als wäre die Arbeit am Schreibtisch ein unfehlbares Haarwuchsmittel, begann der Bart des Nachtredakteurs, kaum eine Stunde, nachdem er rasiert worden war, üppig und grauschwarz aus den Poren der Wangen zu dringen. Die weißen Manschetten klebten am Handgelenk, dahin war ihr halbgesteifter Glanz. Der Knoten der Krawatte wurde locker, schob sich zwischen die Wände des »Stehumlegkragens« und ließ ein glänzendes goldenes Knöpfchen sehen, an dem nicht nur der Kragen und das Hemd, sondern auch die ganze Kleidung des Mannes, ja er selbst zu hängen schienen. Erhob sich Gustav K. aus seinem Lehnstuhl, so sah man plötzlich die Holzwolle aus einem Loch im dünnen Lederbezug dringen – und zwar mit einem solchen Ungestüm, daß man glauben konnte, das Loch wäre früher nicht dagewesen, sondern erst von der Wirbelsäule des Redakteurs ausgebohrt worden. Er selbst ging mit vorgeneigtem Oberkörper und lockeren, seitwärts schlendernden Beinen die Stiege zur Setzerei hinauf. Er erinnerte an einen Lahmen, der die Krücken abgelegt hat. Oben, in der Setzerei, lehnte er sich mit aufgestützten Ellenbogen an einen der langen metallbeschlagenen Tische, einen Kopierstift zwischen den Lippen, den er hin- und hergleiten ließ wie eine natürliche Fortsetzung der Zunge. Der Bleistift begleitete so die Bewegungen der Augen, die einen Bürstenabzug lasen. An der und jener Stelle blieben sie haften, und auch der Bleistift stand stille. Manchmal löste sich die Hand von der Wange, der Ellenbogen vom Tisch. Gustav K. ergriff ein Stück Papier, zerknüllte es langsam, formte es zu einem Ball und schleuderte es einem der ahnungslosen Setzer zu, der eine erschrockene Bewegung machte. Das war ein Witz gewesen. Es war, als hätte sich der Nachtredakteur nur überzeugen wollen, ob er noch zielen könne. Einen Augenblick nur hatte sein Angesicht den Ausdruck einer knabenhaften Verspieltheit gezeigt. Man konnte

ihn sehen, wie er in kurzen Höschen vor dreißig Jahren am Ufer eines Wassers Steinchen in die Wellen schleudert.
Er wurde sofort wieder ernst. Er vergaß nicht einen Augenblick, daß er die »ganze Verantwortung« für »das Blatt« trug und daß er unaufhörlich Gefahr lief, eine falsche Nachricht für eine richtige zu halten, eine richtige für falsch, eine wichtige für belanglos, eine Kleinigkeit für wichtig. Er kannte die ganze Welt, obwohl er nur einen kleinen Teil von ihr gesehen hatte. Wenn ein Telegramm aus Peru meldete, eine Brücke wäre eingestürzt, so schien es Gustav K., weil er mit Peru so vertraut war, daß der Einsturz der Brücke wichtig genug sei, in Borgis gesetzt zu werden. Kam ein Bericht über Heuschrecken im Kaukasus, so hätte Gustav K., weil er die Heuschrecken so genau kannte und den Kaukasus, am liebsten einen Aufsatz von einem Naturforscher gebracht. Für ihn gab es keine geographische Ferne. Er beschwerte »das Blatt« mit fünfzig überflüssigen Nachrichten. Hielt ihm der Chefredakteur am nächsten Abend vor, daß die Nachricht über den General Correira in Mexiko niemanden etwas angehe, so erwiderte Gustav K.: »Sie täuschen sich! Der General Correira hat eine außergewöhnliche Laufbahn! Im Jahre 1874 geboren, ist er 1894 schon Oberst der Truppen von Vera Cruz, und der nächste Aufstand macht ihn zum Kommandanten der Hauptstadt. Sogar seine Feinde achten ihn. Und jetzt hat er eine schwere Rippenfellentzündung...!« Ging es schon nicht an, die Rippenfellentzündung in Petit zu bringen, so erschien sie wenigstens in Nonpareille unter den »Vermischten Nachrichten«. Eine Tollwut unter den Hunden von Konstantinopel hatte Anspruch auf zehn Zeilen auf der dritten Seite, links oben, weil die Hunde in Konstantinopel eine Gefahr für die ganze Menschheit werden konnten. »Unter Umständen«. – »Unter Umständen«, pflegte Gustav K. zu sagen, »kann so eine Tollwut die Matrosen großer Dampfer erreichen.« Es gab also nichts »Un-

wichtiges«. Wenn der Nachtredakteur eine Nachricht über ein kleines Ereignis in einem weit entfernten Lande schon in den Papierkorb getan hatte, so bückte er sich nach fünf Minuten, holte das zerknüllte Papier hervor, glättete es und wandelte es künstlich wieder in den Zustand einer eben eintreffenden, noch unbekannten Nachricht. Er zwang sich, sie zu vergessen, um sie hierauf noch einmal zu erfahren. Noch einmal tauchten die alten Argumente gegen ihre Veröffentlichung auf; und noch einmal warf er sie weg.
Aber wahrscheinlich tat sie ihm noch lange leid. Und fand er sie am nächsten Tag in einem anderen Blatt, so empfand er Gewissensbisse über seine Gleichgültigkeit der Zeit und ihren Ereignissen gegenüber, und er beneidete seinen Kollegen, der die Nachricht »ins Blatt« gebracht hatte. Ja, es ist anzunehmen, daß er in solchen Augenblicken beschloß, bei dem »Umbruch« der folgenden Nummer vorsichtiger mit den kleinen und vermischten Nachrichten umzugehen. Aber saß er dann wieder vor dem aufgehäuften »Material«, las er die Berichte aus der näheren Umgebung, so erinnerte er sich mit einem wehen Schrecken an die unbarmherzige Wirklichkeit einer in Nationen, Staaten, Länder, Städte aufgeteilten Welt und an die Tatsache, daß er selbst der Redakteur eines bestimmten national bestimmten Blattes war, das in einer bestimmten Stadt erschien. Daß es also Grenzen gab zwischen nahen und den fernen Ereignissen und daß »der Leser« kein Kosmopolit war, dem die ganze Erde ein gleichmäßig interessantes Angesicht bot, sondern ein festgesessener Mensch, den der Nachbar mehr interessierte als der Ausbruch des Vesuvs. Und er sortierte die Ereignisse, wie es seine Pflicht war, nach nahen und fernen, nach Garamond, Borgis, Petit und Nonpareille, und die nächsten Dinge bekamen die größten Schriften.
Gegen drei Uhr morgens wusch er sich die Hände an der Wasserleitung in der Setzerei, langsam, gründlich, mit Streu-

sand und scharfer Seife. Dann warf er noch einen Blick in den halberblindeten Spiegel, fuhr mit den Fingern über das Haar und wischte mit einem Taschentuch die schwarzen Flecken aus seinem Angesicht. Er erinnerte an einen Schauspieler, der sich abschminkt. Im Sommer war, wenn er die Straße betrat, der Himmel schon klar. Die ersten Amseln begannen zu flöten. Die Milchwagen ratterten. Die Bäckerjungen flatterten weiß von Haus zu Haus. Gustav K. begab sich in ein Kaffeehaus in der Nähe des großen Marktes. Es öffnete sich sehr früh, der Händler wegen. Über dem Büfett brannte trüb und gelb die Lampe, ein schon gestorbenes Licht von gestern. Der Redakteur, dem gestern nacht bereits der heutige Morgen gewesen war, erinnerte heute morgen an die gestrige Nacht. Er saß zwischen den rüstigen ländlichen Frauen und Männern, die nach Rüben und Karotten rochen, doppelt bleich, zehnfach einsam, der intellektuelle Repräsentant der Stadt, der echteste aller Städter: ein Redakteur. Er entfaltete das erste der Morgenblätter, und sofort vertrieb die Druckerschwärze den Geruch der Rüben und Karotten. Es war der Geruch der Stadt. Er erinnerte an den des schmelzenden Asphalts und des Terpentins und des Pechs, mit dem die Straßen ausgebessert wurden. Gustav K. wartete auf die anderen Morgenblätter, fand in ihnen kleine Nachrichten, die er selbst nicht »gegeben« hatte, und ging verärgert zur Haltestelle der Straßenbahn. Mit dem ersten Wagen, der frisch und munter aus der Garage kam, fuhr er nach Hause.

Nur einmal im Monat, am Dreißigsten, kam er am hellen Mittag in die Redaktion, um auf den weißen Umschlag zu warten, in dem der kümmerliche Rest eines Gehalts lag. Auf dem Umschlag stand der Name Gustav K. unversehrt neben der schwerverletzten, durch Subtraktionen mißhandelten Summe. Gustav K. war sauber, rasiert, feucht gekämmt, wie um Mitternacht. Aber ernst und nicht zu kräftigen Späßen aufgelegt. Ein rebellischer Geist erfüllte ihn. War es die ungewöhnliche Stunde, zu der er das Bett verlassen hatte? War es das geringe Gehalt, dessentwegen er aufgestanden war? – Um die Mittagsstunde eines jeden 30. verkündete Gustav K. kommunistische Grundsätze. Er verfluchte die demokratische Gesinnung des Blattes. Er nannte den Chefredakteur einen »Lakaien der Finanz«. Er schwor, nächstens sozialistische »Kuckuckseier« ins Blatt zu legen. Und nach einem Monat zu kündigen. Ja, er trat mit dem weißen Umschlag in der Hand in das Konferenzzimmer, wo einige Redakteure saßen, und sagte: »Ich kündige, meine Herren!« Niemand sah auf. Alle hatten es schon zwanzigmal gehört. »Ich arbeite nicht mehr in diesem Schweinestall!« fuhr Gustav K. fort.

Da ereignete es sich manchmal, daß einer sagte: »Haben Sie gelesen, wie uns die Sozialdemokraten heute angreifen?«

»Wo steht das?« sagte der Nachtredakteur. »Diese Bande! Sehen Sie, wie schlecht sie das Blatt aufmachen! Daß überhaupt jemand dieses Blatt liest! Das sind keine Journalisten! Das...«, und Gustav K. suchte lange nach einem beleidigenden Ausdruck, bis er endlich die schimpflichste aller Bezeichnungen fand: »Parteipolitiker sind sie!...«

Und er steckte den Umschlag in die Tasche.

Ein Wiedersehen

Unter den Gesichtern der Spaziergänger, die auf dem abendlichen Korso langsam und unaufhörlich an meinem Blick vorbeigezogen wurden, gewahrte ich eines, das mir vertraut vorkam, obwohl ich es nicht zu kennen glaubte. Es schien das erste Stadium der Beziehung zu mir gewissermaßen vernachlässigt zu haben, um unmittelbar in ein zweites zu geraten und sich früher meinem Herzen aufzudrängen als meinem Bewußtsein. Das Angesicht war sofort per du mit meinem Auge. Dieser Umstand verstimmte mich. Das Angesicht lächelte unbeirrt weiter, nachsichtig, freundlich, ja herzlich vielleicht. Schließlich löste es sich aus der Reihe der anderen Gesichter, für einen Augenblick entstand eine Lücke, es war, als hätte eine unsichtbare Hand aus dem Schaukasten eines Photographen eines der reihenweis angebrachten Porträts entfernt. Das Gesicht näherte sich mir. Es wurde getragen von einem rostbraunen, breitschultrigen Mantel, der mir beide Ärmel entgegenstreckte. Ich zweifelte nicht mehr daran, daß ich eben im Begriffe war, einen Schulkollegen zu begrüßen. – Aber welchen?...
Vor fünf Jahren konnte ich noch alle Namen in alphabetischer Reihenfolge aufzählen. Dann fingen sie an, meinem Gedächtnis zu entfallen, einer nach dem andern, ungefähr wie Zähne dem Kiefer. Manchmal nur tauchte ein Gesicht an die Oberfläche, manchmal ein Strumpf mit einem Loch am Knie, ein Arm, eine Hand mit abgekauten Nägeln, alles begleitet vom bläulich schimmernden Weiß der Klassenwände,

dem matten Schwarz der Tafel und dem glänzenden, wenn auch rissigen Lack der Bänke. Auch die Gesichter, die Körper, die Bewegungen meiner Mitschüler fielen mir sozusagen aus. Übrig blieb ein wirres Knäuel von Gliedmaßen, Kleidungsstücken, Nasen und Namen, die ich beliebig zu neuen Persönlichkeiten hätte zusammensetzen können, wenn ich nur gewollt hätte. Aber ich wollte ja gar nicht. Solange ich noch imstande war, Mitschüler zu agnoszieren, ging ich ihnen aus dem Weg. Peinlich und peinigend sogar war mir das Bewußtsein, daß ich für ewig verurteilt war, die allerdings harmlosen Konsequenzen einer allerdings harmlosen Vergangenheit zu tragen. Nein, nicht einmal zu tragen! Die Gewohnheit hätte es mir ja leichter gemacht! Aber ich war verurteilt, ihnen ohne meinen Willen unversehens in die Arme zu laufen und also jederzeit ausgeliefert dem Überfall einer Reminiszenz.

Nur konnte ich, wie gesagt, damals gelegentlich noch der und jener vorbeugen. Diesmal aber kam die Erinnerung *von außen* an mich heran, lebendig, blutvoll, gar nicht eine Funktion meines Gehirns, sondern eine Funktion des Zufalls, und weckte in meinem Gedächtnis höchstens einen namenlosen, schwächlich konturierten, blassen Schatten, mit dem ich nichts anzufangen wußte. Und dennoch, als wäre ich an diesem Abend auf nichts anderes vorbereitet gewesen als eben auf die Begegnung mit dem Mitschüler, zwängte ich mein Gesicht in ein fremdes, etwas enges Lächeln, eines, das man zu kaufen kriegt und das eine Nummer zu klein war, und legte in meinen Mund irgendein beliebiges kostenloses: Ah!, das zu meiner eigenen Verwunderung gar nicht so unpersönlich klang. Er und ich, wir schüttelten uns die Hände. Wir setzten uns an einen Tisch auf der Caféterrasse. Er begann zu erzählen und zu fragen. Er wartete meine Antworten nicht ab, er antwortete selbst. Er fragte nur, um eine Bestätigung zu erhalten, richtiger: um nicht dementiert zu

werden. In einer rührenden Anhänglichkeit für mich, den Undankbaren, hatte er sich stets über mich auf dem laufenden gehalten. Er berichtete mir, was ich erlebt hatte. Nichts war ihm verborgen geblieben. Und ich wußte noch immer nicht seinen Namen...
Ich suchte in den Zügen seines Angesichts nach Anhaltspunkten, einem Namenssplitter, einem Buchstabenfetzen. Nichts war in diesem Angesicht! Leer war es, erinnerte an ein flaches Gelände, die Nase lag in der Mitte wie ein Säckchen, hingeworfen, etwas angeschwollen, wie mir schien. Die Lippen waren blutrot und winzig, der Mund eines kleinen, süßen Mädchens, die Augen sehr hell, sehr klein, nackt, das heißt: brauenlos, zwischen Wülstchen gebettet, zwei graue Fünkchen, eingespießt in Fett. Das Haar blond, kurz geschnitten, »Bürste«. Auf der Oberfläche der Wangen ein blaßrötlicher Hauch. Widerschein des Lebens, das außerhalb der Persönlichkeit, nicht in ihr brannte. Wäre dieser Mann nicht mein Mitschüler gewesen, ich hätte mich entschlossen, ihn unsympathisch zu finden. So aber hatte er Protektion.
In der Hoffnung, ihn sympathischer zu machen, begann ich, ihn nach seinem Leben auszufragen. »Ich bin«, sagte er mit scheinbarer Heiterkeit, »ein Durchschnittsmensch geworden.« Dies war eine Anspielung auf die Tatsache, daß ich seiner Meinung nach kein Durchschnittsmensch geworden war, und vielleicht auch ein Vorwurf, daß ich die Pflicht, es zu werden, leider versäumt hatte. »Es gibt«, sagte ich ein wenig gereizt, »überhaupt keine Durchschnittsmenschen.« Es war ein Unsinn. Er aber widersprach nicht, sondern bemerkte schlicht: »Ich bin im Bankwesen.«
Den egoistischen Einfall: Bankwesen kann man brauchen, verwarf ich sofort als ungehörig. »Bist du verheiratet?« fragte ich. »Ja, seit sechs Jahren, augenblicklich Strohwitwer.« Ein Wort, das mir ebenso unangenehm ist wie »Durchschnittsmensch«. Es ließ sich aber nicht ändern. Er war Durch-

schnittsmensch, Strohwitwer und im Bankwesen. »Und es geht dir gut?« forschte ich weiter. »Danke, ausgezeichnet!« »Du bist zufrieden?« »Immer!« »Warst du im Krieg?« »Zwei Jahre an der Front.« »Du bist zufrieden?« wiederholte ich noch einmal. »Ja, immer«, sagte er, als wäre Zufriedenheit so etwas wie zum Beispiel Gesundheit.
Er behauptete, bald gehen zu müssen, und entlockte mir dadurch eine Wendung, die ich nie gebrauchte und nur widerwillig vernehme. »Ich will dich nicht aufhalten«, erklang es plötzlich aus mir, während ich dachte: Da geht er dahin, und ich weiß nicht, wie er heißt. »Gib mir deine Adresse!« rief ich und zog ein Papier und sagte harmlos: »Am besten, du schreibst sie hier genau auf!« »Den Namen schreibe ich nicht!« frohlockte er, »den weißt du ja ohnehin!« – und er schrieb sehr genau, mit großen runden Buchstaben, Reifen aus biegsamem Bambus: »Ludwigstraße 58, II. Stock, rechts, zweimal läuten.«
Dann ging er. Fügte sich wieder dem Strom der Passanten ein, rückte sein Gesicht zwischen die beweglichen Reihen der anderen Gesichter, winkte noch einmal mit erhobener Hand, einen Augenblick blieb auf meiner Netzhaut ein rostbrauner Schimmer von seinem Mantel, der einzig starke Eindruck von ihm. Als ich aufstand, um heimzugehen, fiel mir sein Name in den Mund, als hätte er die ganze Zeit schon über mir in der Luft geschwebt. »Eugen Kalter«, sagte ich tonlos und verlor die Adresse.

Ein Mensch hat Langeweile

Am Morgen erwachte er zugleich mit der Langeweile. Er gähnte laut, mit einer schallenden Stimme zuerst, die wie aus einem Trichter kam, dann einem Heulen ähnlich wurde und schließlich in eine Art tremolierendes Winseln ausging. Also schien er den ersten, furchtbar schmerzlichen Schlag von der Langeweile erhalten zu haben. Denn sein Gähnen war nichts anderes als ein herzzerreißender Schmerzenslaut, ein Urschmerzenslaut, die hilflose Klage eines tödlich verwundeten Tiers, von einer grausamen amelodischen Willkür. Noch ein paarmal, wenn auch immer schwächer, wiederholte sich derselbe Ruf. Und war so unmittelbar, daß die Wände zu versinken schienen, hinter denen er ertönte, um sich in die Kulisse einer Vorwelt zu verwandeln. Ja, die ganze Zivilisation, in der sich unser Morgen abspielte: das fließende warme und kalte Wasser, die alten Fassaden der Häuser gegenüber, die wehklagenden Rufe der Straßenhändler (die das Wild der großen Städte sind), sie alle vergingen, verschwanden vor diesem Augenblick, in dem die echte Stimme der Natur hörbar wurde: *das Gähnen eines Menschen am Morgen*.
Kurz darauf begann der Mensch einen erbitterten Kampf gegen den Tag. Ich erkannte an einem Porzellangeklapper, daß man ihm das Frühstück gebracht hatte. Ich hörte deutlich den gurgelnden Strahl aus der Teekanne in die Tasse rinnen und den Aufschlag eines Messers an die nachgiebig zerbröckelnde Eierschale. Dann öffnete der Mensch seine Tür und bestellte laut zwei Orangen und ein Gefäß, ihren Saft

auszupressen. Er beklagte sich ferner über die schlechte Beschaffenheit des Tees. Man müsse, so meinte er, zwei Löffel ins kochende Wasser schütten, also im wörtlichen Sinne: den Tee überbrühen. Und wäre diese Art in diesem Hotel vielleicht auch nicht üblich, so möge sie doch von heute ab angewendet werden.
Nach einiger Zeit begann der Mensch zu seufzen und auf und ab durch das Zimmer zu wandern, als hätte er außergewöhnliche Sorgen oder als wartete er auf die verzögerte Ankunft eines langersehnten Wesens. Manchmal, in unregelmäßigen Zwischenräumen, murmelte er verschiedenes Unverständliches vor sich hin – und obwohl er mir die ganze Zeit über unsichtbar blieb, wußte ich doch, daß er, um zu sprechen, sich vor den Spiegel hingestellt hatte. Wahrscheinlich mußte er seiner Phantasie nachhelfen und war er derart beschaffen, daß er sich auch sehen mußte, wenn er sich hören sollte. Die große Einsamkeit, in der der Mensch lebte, wurde aber keineswegs geringer, wenn er zu sprechen begann, sondern im Gegenteil noch größer. Es war, als wäre die Stimme des Menschen gar nicht seine eigene, sondern die der Einsamkeit. Sie redete aus ihm in dem engen, schmalen Hotelzimmer. Eingebaut hauste dort der Mensch zwischen mir und einem anderen Nachbarn, in einer komfortablen Zelle. Aber weder der Komfort noch unsere Nachbarschaft, noch die Möglichkeit, durch einen einfachen Druck auf einen weißen Knopf einen Diener herbeizurufen, konnte die Einsamkeit des Menschen vermindern. Er war ein moderner Mensch. Er kam aus Amerika. Er konnte nicht allein sein, und er konnte nicht still sein.
Er begann sich zu waschen. Das Wasser schoß reichlich aus dem Hahn, rauschte, plätscherte, donnerte beinahe gegen das Porzellan, versuchte ein geheimnisvolles Brummen in den widerspenstigen Röhren, in denen es bis jetzt als ein gezähmtes Hauselement gelebt hatte, friedlich, gehorsam und

gebrauchsfertig. Für die Reinlichkeitsbedürfnisse dieses meines Nachbarn war es nicht berechnet gewesen. Er reizte das brave Wasser geradezu, er weckte seine ursprüngliche Wildheit, das zivilisierte Wasser der Stadt benahm sich, als lebte es in den Bergen. Der sanfte Strahl aus dem metallenen Hahn verwandelte sich in einen rauschenden Gießbach. Zuweilen hatte ich den Eindruck, daß der Amerikaner sich gar nicht so eifrig wusch, daß er nur aus Angst vor der Stille die Stimmen der Natur zu Hilfe rief.

Dann wurde es wieder eine Weile totenstill. Der Mensch im Nebenzimmer schien zu warten, ob sich nicht Stimmen von selbst melden würden, ohne seine Aufforderung. Aber es kamen keine. Die Stille war noch stiller als zuvor. Da fing der Mensch zu singen an, falsch, aus seiner unwilligen Kehle, ein Potpourri aus allen Schlagern der letzten zehn Jahre. Er sang sie eigentlich gar nicht, *er rief sie nur zu Hilfe*. Das, was er sang, verhielt sich zu den richtigen Melodien nur, wie etwa das Stimmen der Instrumente zum Konzert. In seinem Gedächtnis lagen die richtigen Melodien wahrscheinlich zwar aufgestapelt, aber auf dem Weg durch seine Kehle verwandelten sie sich in hilflose Hilferufe. Offenbar dachte er dabei an schöne Abende in der Bar, an zutunliche Mädchen und alle Vorsichtsmaßregeln, die in der Welt gegen die Einsamkeit getroffen werden.

Nachdem der Mensch aus dem Nebenzimmer etwa eine halbe Stunde gesungen hatte, schien er die Überflüssigkeit seiner Versuche erkannt zu haben, und nun wandte er das letzte Mittel an, das die Menschen unserer Zeit gegen das Alleinsein zur Verfügung haben: er drehte ein Grammophon auf. Ein rührender Gesang von Negern erscholl. Der Mensch im Nebenzimmer ließ die Grammophonplatte nicht zu Ende gehen. Mitten im Gesang noch drehte er an der Kurbel, und immer wieder verjüngte er die bronzenen Stimmen der Neger. Der Mensch im Nebenzimmer beruhigte sich. Wahrscheinlich saß er jetzt auf dem Bettrand mit leis verträumten Augen. Die fremde, mittels technischer Vollkommenheit entlehnte Wehmut tat ihm wohl, als wäre es seine eigene. Vielleicht war er sogar *traurig* geworden, vielleicht weinte er sogar. Ja, es ist möglich, daß die Trauer eines fremden schwarzen Volkes, an der er selbst nicht unbeteiligt war, ihm eine eigene, eine Originaltrauer, vortäuschte, deren er kaum fähig gewesen wäre. Und wie andere Menschen sich einen Apparat anschaffen, um sich zu erheitern, so hatte sich der Nachbar Negerplatten gekauft, um sich sozusagen zu ertrauern. Und ich glaubte zu verstehen, warum er so rastlos nach Geräuschen gesucht hatte, einen ganzen Vormittag lang, und warum die Stille ihn so peinigte. Die schöne, weiche, stille Abteilung des menschlichen Herzens, in der sonst die Trauer schlafen soll, war leer: ausgeräumt. Er war ein Mensch dieser Zeit. Er *genoß* das Leben. Es *belustigte* ihn. Er erzeugte Geräusche und kostete sie aus. Angst hatte er vor der Stille.

Erst am späten Abend sah ich ihn unten in der Halle. Alles an ihm und um ihn war breit, bauschig, hell, knatternd. Seine weiten, modernen Beinkleider flatterten, von seinen buntbeklebten Koffern schrien alle Bahnhöfe und alle Grandhotels der Welt. Feldstecher und Photographenapparate hingen um seine robust wattierten Schultern. In knarrende gelbe Riemen gefesselt waren Plaid, Regenschirm und Stock, und dermaßen war er umgeben von Utensilien und Erfindungen, daß man sein Angesicht kaum sehen konnte.

Man trug seine Koffer zum Wagen vor dem Eingang. Der Mann folgte ihnen mechanisch, wie ein Gepäckstück, das gehen kann. Er verstaute sich in einem Winkel. Im letzten Augenblick noch sah ich, daß er auf seinem Schoß den dunkelbraunen Grammophonkasten hielt. Da fuhr er nun hin in das nächste Grandhotel, definierte den Zustand der halbweichen Eier, gähnte ausführlich, ließ Wasser rauschen, versuchte selbst zu singen, um schließlich die süße Wehmut anzukurbeln, ohne die der Mensch nicht leben kann. – –

Weihnachten in Cochinchina

Es geschah an einem der wunderbaren Tage, die dem Anbruch der Weihnachtsferien mit angehaltenem Atem vorangingen und die ich damals den schulfreien Zeiten ebenso vorzog, wie ich heute den Tag meiner Abfahrt einer langen Reise vorziehe, daß der Herr Lehrer sagte:
»Jungens, wer fünf Pfennige hat, kommt heute nachmittag hierher in die Klasse, wir gehen ins Weltpanorama!«
Ich streckte zwei Finger in die Höhe und sagte: »Ich habe keine fünf Pfennige!«
Einen Augenblick herrschte Schweigen, wie wenn der Herr Direktor inspizieren gekommen wäre. Der Lehrer hatte sich umgewandt, den Rücken kehrte er der Klasse zu, das Angesicht der Tafel, als glaubte er, daß von ihr ein Gedanke komme, daß auf ihrer matten schwarzen Fläche ein unsichtbarer Engel mit weißer Kreide einen guten Rat hinschreiben könnte. Wahrscheinlich geschah etwas Ähnliches. Denn nach ungefähr einer Minute wandte der Lehrer sein Gesicht wieder der Klasse zu und sagte zu mir, der ich immer noch stand: »Setz dich vorderhand!«
In der Pause kam der Schuldiener in den Hof und holte mich zum Herrn Direktor in die Kanzlei.
»Zeig deine schmutzigen Finger her!« schrie der Herr Direktor.
Ich hielt beide Hände in die Luft, waagerecht vor mich hin.
Der Herr Direktor beugte sich ein wenig hinab, um sie zu betrachten. Er hatte aber nicht den goldgeränderten Zwicker

angelegt, wie er es sonst zu tun pflegte, wenn er etwas ernstlich zu untersuchen entschlossen war. Ich wußte bereits, daß es sich um etwas ganz anderes handelte als um meine schmutzigen Finger.

»Du gehst heute mit ins Weltpanorama, ohne zu zahlen!« sagte der Herr Direktor. Vielleicht hätte er mir noch etwas mitzuteilen gehabt. Aber es läutete schon. Deshalb murmelte er nur: »Geh in die Klasse!«

Ich kratzte mit einem Fuß die Diele und ging.

Am Nachmittag um drei Uhr, die Dämmerung lauerte schon an den Fenstern, brachen wir auf zum Weltpanorama.

Es lag in einer stillen, kleinen Gasse und sah von außen einem gewöhnlichen Laden ähnlich. Über der Glastür hing eine rot-weiße Fahne. Öffnete man die Tür, so erklang eine Glocke wie ein Gruß. Am Eingang saß eine Dame wie eine grauhaarige Königin und verkaufte Eintrittskarten. Drinnen war es dunkel, warm und sehr still. Sobald sich die Augen an die Dunkelheit gewöhnt hatten, erblickten sie einen Kasten, rund wie ein Karussell, hoch wie der halbe Raum, mit Gucklöchern in Manneshöhe die ganze Rundung entlang, in Abständen von etwa je zwanzig Zentimetern. Die Gucklöcher an dem Kasten leuchteten wie Katzenaugen in der Finsternis. Man ahnte, daß der Kasten innen hohl und beleuchtet war. Unten stahl sich aus seinem Inneren ein schwacher, geheimnisvoller Schimmer und verschwamm auf dem Fußboden. Vor jedem Gucklochpaar stand ein runder Klaviersessel.

»Setzen!« sagte der Herr Lehrer, es klang wie in der Klasse, aber in der Finsternis war es kein Befehl, sondern nur eine Art milder Einladung. Wir rückten mit den Stühlen, ich saß, weil ich zu klein war, nicht ganz, sondern hatte den runden Sessel gleichsam halb gelüftet und preßte meine Nase gegen die Wand des Kastens, meine Augen gegen die Gucklöcher, die von Metall umrahmt waren.

Drinnen erschienen Bilder aus Cochinchina. Der Himmel war blau, unendlich, strahlend. Es war jene Art von sommerlichem Blau, das so aussieht, als hätte es in sich eine Menge Sonnengold verschluckt, verwischt, zerrieben und in noch mehr Blau verwandelt. Man hatte die Empfindung, daß dieser blaue Himmel strahlen müßte, auch wenn er keine Sonne zu tragen hätte. Aber zum Überfluß schien auch noch die Sonne. Nach dem zweiten Bild wußte ich nicht mehr, daß draußen Dezember war und Regen in gasförmigem Aggregatzustand in der Luft. Die Sonne rann aus dem Kasten durch die Augen ins Herz und gleichzeitig in die Welt. Unbeweglich wie eine Art Naturtürme ragten riesenhohe Palmen und warfen einen kurzen, mittäglichen Schatten, der sich scharf und schwarz auf dem gelben Boden abzeichnete. Weiße Männer in Tropenhelmen standen da wie eingeklebt, mitten im Gehen aufgehalten, ein Fuß schwebte immer noch in der Luft – und man glaubte, er werde die Erde berühren, sobald das nächste Bild erschienen wäre. Man sah halbnackte Eingeborenenfrauen mit erregenden Brüsten, wie schöne bronzene Kegel, die allzuschnell verschwanden, und mit blauen Lendenschurzen, die gewiß abgefallen wären, wenn man die Bilder hätte halten können. Man sah eine Schule im Freien. Eine vollkommen zugeknöpfte Lehrerin aus Europa unterrichtete völlig nackte Kinder. Alle hielten Schiefertafeln im Schoß und saßen auf ihren eigenen Füßen. Nur die Lehrerin saß erhöht auf einem umgelegten Baum, einem Elementarkatheder. Man sah Fischer und Badende, einen Radfahrer mit einem Girardihut und eine Dame mit einem wehenden Reiseschleier, der hinter ihr weiß und waagerecht durch die Luft schwamm, wie Rauch hinter dem Schornstein eines Dampfers. Sooft ein neues Bild erschien, räusperte sich etwas im Kasten, wie in alten Uhren, ehe sie schlagen. Dann erklang ein leiser, heller, lieblicher Gongschlag. Dann erfolgte eine leise Erschütterung, es bebte das Gefüge des run-

den Apparates, als ächzte er unter der Mühe, so viele fremde, ferne Welten heranzuholen. Immer tiefer wurde das Blau, strahlender das Weiß, goldener die Sonne, azuren wurde das Grün, aufregender die regungslosen Frauenleiber, anmutiger die nackten Kinder.
Nach einer halben Stunde wiederholte sich das erste Bild.
Da ertönte die Stimme des Lehrers wie Dezember: »Aufstehen!«
Ich trottete betäubt nach Hause. Es war, als wäre der Dezember ein Traum, der bald vorbei sein, und Cochinchina die Wirklichkeit, in die ich bald erwachsen müßte. So blieb es eigentlich viele Jahre lang. In mir lag Cochinchina, wie in jenem Kasten.
Vor einem Jahr, um die Weihnachtszeit, kam ich in eine kleine Stadt. In einer schmalen, engen Gasse erblickte ich ein Schild. »Weltpanorama« stand darauf. »Cochinchina!« jubelte meine Erinnerung. Ich ging hinein – nicht mehr umsonst, es kostete fünfzig Pfennige für Erwachsene, zu denen ich merkwürdigerweise gezählt wurde. Es war fast leer. Der Kasten räusperte sich, der Gong schlug an, genau wie damals. Aber auf den Bildern war nicht mehr Cochinchina zu sehen. Man zeigte vielmehr die Schweiz. – Leider. – Mitten im Winter. – Schneegipfel. – Ein Hotel mit modernem Komfort, mit einer Lesehalle. –
Ich lehnte mich zurück. Zwei Stühle von mir entfernt saß ein Herr. Er sah, wie mir schien, leidenschaftlich interessiert durch die Gucklöcher. Welch ein langweiliger Kerl! dachte ich voller Gehässigkeit, mitten in der Weihnachtszeit.
Als ich aber wieder draußen stand, wurde ich sanft und gerecht. Vielleicht – so dachte ich – hat er in seiner Knabenzeit gerade die Schweiz sehen dürfen. – Umsonst. – Vor Weihnachten – Und: schließlich hat jeder sein Cochinchina.

Wiege

Das erste Erlebnis, an das ich mich erinnern kann, liegt sehr weit zurück. Zwischen ihm und der späteren, fast ununterbrochenen Kette der Erinnerungen, deren Ursprung etwa in meinem siebenten Lebensjahre zu suchen wäre, liegt eine geraume Spanne des Vergessens, so daß jenes erste Erlebnis einem belichteten Bilde gleicht, eingerahmt von Dunkelheiten, und also gleichsam noch leuchtender. Es war ein trauriges Erlebnis, jedenfalls eines, das mich traurig gemacht hatte, zum erstenmal in meinem Leben traurig; und dem Bilde, das mir, wie gesagt, sehr nahe geblieben ist, entströmt heute noch eine Art von Wehmut, Wehmut ohne Grund, also eine echte Wehmut. Und die einigermaßen phänomenale Tatsache, daß eine Erinnerung hinter einer Schicht des Vergessens so deutlich aufbewahrt sein kann, verstärkt für mich die Bedeutung des ersten Erlebens und erhebt es beinahe zu einem symbolischen Ereignis. Es war ein klarer Wintertag. Ich sehe noch in dem kleinen Zimmer, in dem ich damals lebte, den unbestimmt blauen Abglanz des klaren Himmels, eine kristallene, dicke Schicht von Schnee am Fensterbrett und ein paar merkwürdige Eisblumenformen an einer (der rechten) Seite des doppelflügeligen Fensters. Eine alte Frau in einem braungrauen, filzigen, ziemlich langen Tuch, das ihr Kopf und Rücken bedeckt, tritt ins Zimmer. Meine Mutter holt, Stück für Stück, das Bettzeug aus meiner Wiege und legt es auf einen rostbraunen, gepolsterten, breiten Lehnstuhl. Dann tritt die halbvermummte, ziemlich kleine Frau

an meine Wiege, spricht etwas, hebt mit einer erstaunlichen Geschwindigkeit die Wiege hoch, hält sie, als wäre sie ein ganz geringfügiger Gegenstand ohne bemerkenswerte Dimensionen, an der Brust, spricht sehr lange, lächelt, zeigt dabei große gelbe Zähne, geht zur Tür und verläßt das Haus. Ich bin traurig, unsagbar traurig und ohnmächtig. Ich »weiß«: daß ich etwas Unwiederbringliches verloren habe. Ich bin gewissermaßen »beraubt« worden. Ich beginne zu weinen; man bringt mich in ein großes weißes Bett, das meiner Mutter. Ich schlafe ein.
Hier hört die Erinnerung auf. Die folgenden vier Jahre liegen im Schatten, im dichten Schatten des Vergessens. Später zeigte es sich, daß meine Mutter diesen Tag vergessen hatte. Sie wußte nicht mehr, etwa zehn Jahre später, wann und wem sie meine Wiege gegeben hatte. Ich wunderte mich nicht wenig darüber und nahm es ihr übel. Sie hatte meine erste Trauer nicht gesehen. Sie war ahnungslos. Und es bekümmerte mich am meisten, daß sie nicht mehr wußte, ob es ein Sommer- oder ein Wintertag gewesen war. Ein Zufall ließ mich später erfahren, wer die Wiege geerbt hatte und wann es geschehen war. Ich muß damals drei Jahre alt gewesen sein. Ich habe heute die Empfindung, daß ich an jenem Tage, in jener Stunde, ein erwachsener Mensch gewesen bin – – für eine kurze Weile, lang genug, um traurig sein zu können, traurig wie ein Großer – und vielleicht aus wichtigeren Gründen.

Laterna magica

Der nächste Junge in meiner Nachbarschaft hieß Thaddäus. Mit ihm konnte man spielen. Er war der Sohn begüterter Leute, sie bewohnten ein wahres Herrenhaus, und zwar eines »mit Veranda«. Es war eine offene Veranda, von vier griechischen Säulen getragen, zwischen ihnen führten drei flache steinerne Stufen zum Eingang. Zwischen den einzelnen Stufen, in den Fugen, wucherte grünes Moos, und zu bestimmten Stunden, im Sommer vor dem Sonnenuntergang zum Beispiel, der sich dem Eingang gegenüber abspielte, schickte das spärliche Moos einen merkwürdig kräftigen grüngoldenen Widerschein aus den Fugen über die ganze Fläche der Stufen. Wenn es geregnet hatte, konnte man zuweilen auf der Veranda fette geringelte Würmer und verträumte Schnecken aufklauben. Hinter dem Haus befand sich der Obstgarten, man konnte sich in ihm verlieren wie in einem Wald, wenn man ein wenig Phantasie besaß. Die Veranda, das Moos, die Schnecken, Thaddäus' Vater, der einen wunderbaren, aus zwei gleichmäßigen Zirkumflexen gebildeten blonden Schnurrbart trug und fast parallel zum Schnurrbart an der Weste eine zweigeteilte goldene Uhrkette, ferner die Mutter meines Spielkameraden, die ständig einen Stickereirahmen vor sich hielt wie das Oberfell einer Trommel, in das sie bunte Phantasie-Vögel und -Blumem hineinzeichnete, die ältere Schwester Thaddäus' mit den langen Zöpfen, die von der gleichen Beschaffenheit und Farbe waren wie der Schnurrbart des Vaters: das waren die hervorragenden Eigenschaften und Eigentümer meines lieben Freundes Thaddäus.

Dennoch hätte er mich vielleicht nach zwei satten Jahren ausgiebiger gemeinsamer Spiele und Interessen gelangweilt – denn er war sanft, brav und ein wenig dumm von Natur –, wenn er nicht die Laterna magica besessen hätte, einen wirklichen Zaubergegenstand und kein Spielzeug für Kinder, sondern ein Instrument für Erwachsene. Sie gehörte in der Tat seinem Vater und war ihm nur überlassen worden, noch kein Geschenk, aber mehr als ein geliehener Gegenstand, ehrfurchtsvoll behandelt nicht nur als Zauber, sondern auch als gewissermaßen fremder Besitz. Es war ein ziemlich umfänglicher Kasten, wir trugen ihn beide auf unseren vier Händen ganz sachte, um ihn nicht fallen zu lassen und die in seinem Innern verborgene Petroleumlampe nicht zu beschädigen. In einer schwarzen schmalen Schachtel aus harter Leinwand lagen die gläsernen buntbemalten Scheiben, deren Abglanz wir dann, ins Riesige vergrößert, auf das über die Tür gespannte Bettlinnen warfen. Viele Stunden dauerte unsere Vorführung. Sie fand nur im Winter statt. Wir wiederholten unser Programm drei- oder viermal. Nicht jedes Bild verstanden wir. Denn da es eine Laterna magica für Erwachsene war, zeigte sie auch Bilder für Erwachsene, und darunter sogar Bilder für ganz besondere Bedürfnisse ganz besonderer Erwachsener, wie der Vater meines Freundes einer gewesen sein mag. Wir sahen nämlich verführerische Szenen aus der klassischen Mythologie, viele Liebesszenen, manche, bei denen die Schwester meines Freundes und ihre Gefährtinnen, die wir hin und wieder einluden, auf eine uns unbegreifliche, verwerfliche, der Torheit und Minderwertigkeit der Mädchen durchaus entsprechenden Weise zu kichern begannen. Es herrschte eine geheimnisvolle Finsternis im Zimmer. Silbern leuchteten die Ränder des Bettlakens an der Tür. Ein schmaler Streifen gelblichen Lichts drang durch eine Ritze des schwarzen Kastens. Im ganzen Zimmer verbreitete sich der scharfe und zugleich fette Geruch des Petroleums. Aus dem kleinen metallenen Schornstein über dem Dach der Laterna magica drang eine schmale bläuliche Rauchsäule, geisterhaft in vielen Windungen, die sich, kaum entstanden, schon wieder auflösten. Durch die Ritzen der hölzernen Fensterläden sah man silberne Streifen vom Schnee, der fast bis an die Fenster reichte. Man spürte den winterlichen Frost der Welt außerhalb des warmen Hauses neben der sommerlichen Wärme der farbensatten, glühenden und südlichen Bilder. Nackte Menschen aus blendendem Fleisch kosten in dunkelgrünen Zypressen- und Olivenhainen, an blauen Gewässern, unter dunkelroten Rosengirlanden. Ein schneeweißer, gewaltiger Schwan, sanft und blöd wie ein Täuberich und zugleich grausam und übergroß wie ein verkleideter Geier, verhüllte mit seiner gefiederten Leibeskraft eine schlafende und lächelnde Frau und wollte ihr wahrscheinlich Böses antun. Ein Mann und ein Mädchen lagen auf einem samtenen grünen Abhang, der Mann hielt den nackten Arm um das Mädchen, seine spitzen Finger lagen auf ihrer Brust, beide lächelten uns friedlich an und fremd, ungewöhnlich fremd, wie Menschen es nicht konnten. Unter den realistischen Bildern befand sich eines, das »Zigeunerlager« hieß, eine Menge weißer, weitverstreuter Zelte zeigte und zwischen ihnen nackte braune Zigeunermädchen. Dieses Bild blieb am stärksten in meinem Herzen und in meinem Gedächtnis haften.

An einem Frühlingsmorgen, kurz vor Ostern, hörte ich, daß Zigeuner zu uns gekommen seien. Sie lagen am Rande der Ortschaft, zwischen dem Tannenwald und den Sümpfen, auf einer großen Wiese, auf der wir im Herbst Kartoffeln zu braten pflegten. Ich ging hin. Obwohl ihre Zelte braun waren, kümmerlich geflickt und nicht zahlreich und weiß wie auf dem Bild der Laterna magica, erschien mir das ganze Lager dennoch wie eine lebendige, greifbare Wiederholung, ja, wie das Vorbild des Lagers, das wir im Winter auf das Bettlaken gezaubert hatten. Die Zigeunerinnen gingen nicht nackt herum, sondern in jämmerlichen und schmutzigen Fetzen. Dichter Qualm stieg aus den Zelten. Ich verbrachte viele Stunden auf der Wiese, unter den Zigeunern, und veranlaßte auch meinen Freund, mich zu begleiten. Wir blieben einmal einen ganzen Tag im Lager, aßen mit den Zigeunern und spielten mit ihren Kindern. Dann begleitete ich Thaddäus nach Hause.

Ich habe erst viele Jahre später erfahren, daß die Eltern meines Freundes mich für einen gefährlichen Verführer ihres Sohnes hielten und ihm sowohl verboten hatten, mit mir zu spielen, als auch, die Zigeuner aufzusuchen. Sie zogen übrigens bald weiter und blieben verschwunden. Eine Laterna magica habe ich dann lange nicht mehr gesehen, bis zu dem winterlichen Tage, an dem ich einem befreundeten Knaben eine zu schenken beschloß. Aber damals war ich schon alt, fast ein alter Mann.

Rast in Jablonowka

Das Dorf Jablonowka lag in meiner Erinnerung geborgen, ein Kleinod. Manchmal gelang's mir, es hervorzuzaubern, seine hellblau getünchten, strohgedeckten Hütten und sein einziges Häuschen beinah städtischen Aussehens; es hatte nämlich Schindeldach und eine rotbraune Tür und zwei flache Stufen davor; zwei, nicht mehr. Die weiße Kirche mit der blechgedeckten Kuppel stand auf dem sanften Hügel, inmitten des umzäunten Friedhofs, eine kleine Weile hinter der letzten Hütte, oder auch vor der ersten, je nach der Richtung, aus der man kam. Links vom Kirchentor stand der Glockenstuhl, mit einer großen Glocke zwischen zwei kleineren, jüngeren. Hinter den Hütten, die an den Rändern der zweimal gewundenen Dorfstraße stehen, steigt sanft das Gelände an, und vereinzelte Hütten scheinen langsam den Hang hinaufzukriechen. Das Dorf Jablonowka hatte ich vor drei Monaten gesehen. Es war am 10. Oktober, an einem silbrigen, kühl-warmen Morgen. Über den Stoppelfeldern wogte der schüttere Nebel.
Es war Krieg. Aber das Dorf Jablonowka, abseits der großen Landstraßen, hatte ein paarmal nur abwechselnd österreichische und russische, in Rast befindliche Truppen und höhere Kommandos beherbergt. Die Frauen, Kinder und Greise und der alte Geistliche hatten nach drei Jahren noch keine unmittelbare Bedrohung kennengelernt.
Pferde und Fuhrwerke gab es wenig, das Vieh sah abgezehrt aus, die Gänse und Enten auch, nur die Schweine waren

noch ansehnlich, aber es gab ihrer nicht viele nach vielen Requisitionen.
Ein paar Stunden nach unserem Einzug in Jablonowka verließen wir es wieder. Durch viele verwüstete Ortschaften sind wir schon gezogen. Diese hier – siehe da – ist verschont. Wenn man hierbliebe, wäre man auch teilhaftig dieses Wunders. Warum nicht? Weshalb soll man nicht hierbleiben können? So viel wert wie jene Ente dort ist auch ein Soldat, ein Einundzwanziger, aber es könnte auch ein Fünfunddreißiger sein. Seht ihr? – sagt dieses Dorf – es kann auch friedlich sein. Hütten müssen nicht brennen, Granaten nicht platzen. Manchmal kann ja ein Flieger kreisen, vielleicht! Am Sonntag können die Glocken läuten. Warum nicht? Und die Feste und Feiertage müssen nicht gestört werden. Und – allerdings – so viele Bauern, geboren in meinem Schoß, in mir aufgewachsen, hätten noch alt werden können, statt zu sterben. Aber ich habe noch Bauernjungen die Fülle. Fremde Soldaten sind ihre Väter, aber gezeugt haben sie hier, auf meinen Wiesen, in meinen Hütten. Ich gedenke jedenfalls, mich abseits der Katastrophe zu halten mit Gottes Hilfe!
So sprach das Dorf, aber ich konnte ihm ja nicht lange zuhören. Bis Mitte Dezember blieben wir etwa zwanzig Kilometer weiter östlich, und es war ein ruhiger Abschnitt. Es war, als strömte das Dorf noch bis in die Schützengräben etwas von seiner Gesegnetheit aus.

Um jene Zeit kamen schon manche voreiligen Weihnachtspakete an, und man öffnete sie dennoch nicht. Selbstverständlich. Nebenbei gesagt: Ich hatte noch keines; ich hätte es bestimmt aufgemacht; um aufrichtig zu sein, einfach um aufrichtig zu sein. Denn ich haßte Überraschungen, meinen Lebtag. Weder mir selbst noch andern wollte ich welche bereiten. Und vollends einsam war ich mitten in dem erwartungsvollen Frohsinn meiner Kameraden. Gewiß, unser

Frontabschnitt war glücklicherweise still. Aber im Angesicht des Todes waren wir ja gestanden, standen wir immer noch. Und mich kränkte der Rückfall der Männer, die das Äußerste gesehen hatten, in die billige Wehmut jenes Stanniols und Lamettas, das seit hundert Jahren das Geburtsfest des Heilands in ein bürgerliches verwandelt. Ich zitterte schon, um die Wahrheit zu sagen, vor dem Heiligen Abend selbst, das heißt: vor seinen Begleiterscheinungen. Ich wünschte mir inbrünstig kein Paket aus der Heimat – war sie nicht nur noch ein Hinterland? – und auch keine tröstende Überraschung von den Kameraden. Niemals war mir der Stall von Bethlehem so nah gewesen und niemals so ferne das »Speiszimmer« mit den »Bescherungen«. »Weihnacht im Felde«: welch ein Fest für Kriegsberichterstatter!

Aber es geschah ein Wunder, kein Ansichtskarten-Wunder, ein wirkliches. Wir gingen nämlich in Rast am 19. Dezember. Wir gingen nach Jablonowka. Siehst du, das gibt's, sagte das Dorf. Jetzt lag es im Schnee. Von den Rändern der Strohdächer hingen die Eiszapfen bis zu den winzigen Hüttenfenstern. Und wenn ich aus der Stube, in der ich einquartiert war, auf die weiße Dorfstraße hinausschauen wollte, mußte ich mit einem Kerzenflämmchen einen durchsichtigen Kreis in den Eispanzer der Fensterscheibe schmelzen. Eine Weile später wuchs die Eiskruste wieder zu. Es war 23 Grad Celsius.

Am Morgen vor dem Heiligen Abend kamen die Bauern in die Regimentskanzlei. Sie baten um sechzehn Kerzen. Der Rechnungsfeldwebel Hanamak lieferte ihnen acht. Er schnitt jede Kerze in der Mitte entzwei. In hohle Kürbisschalen schnitten die Buben Augen, Nasen und Münder, entzündeten die Kerzen in der Höhlung, und jeder hatte drei Kürbisschalen, und dies waren die Heiligen Drei Könige. Fünf Buben, alles Söhne der Frau Olszewska, besaßen eine Krippe,

die sie selbst geschnitzt hatten. Es war ein winziges, kaum fünfzig Zentimeter hohes Häuschen, grün bemalt, dreiwandig, eine offene Bühne. Echte Heubündelchen lagen darinnen. Und wenn man den Finger durch den eisernen Ring steckte, der an dem Giebel des Häuschens angebracht war, begann das Ganze gleichsam von selbst zu schaukeln, und drinnen schaukelte die Mutter Gottes das Kindlein, das graue Eselchen schüttelte seine langen Öhrchen, und die drei Heiligen Königlein, die scharlachrot und golden aus der Kulisse links herauskamen, bewegten die zittrigen Ärmchen, die locker mit Fädchen in den Gelenken befestigt waren. Als hätte er das Strohdach mit Gewalt durchgestoßen, funkelte der Stern von Bethlehem drinnen im Stall, und es erwies sich, daß es kein Stern war, sondern eine goldene Rosette, wie sie von unserem k. k. Militärbeamten getragen zu werden pflegten. Es war dennoch Krieg in Jablonowka.
Die Bäuerin, bei der ich einquartiert war, hieß Jozefowa Gargasch, und ich werde sie nie vergessen. Obwohl durch den Krieg schon viele Frauen des Dorfes Witwen geworden waren, nannte man nur sie: die Witwe. Denn ihr Mann war ein knappes halbes Jahr vor dem Krieg eines natürlichen Todes gestorben. Sie hatte dreijährige Zwillingskinder, zwei muntere Flachsgärbchen. Ein hageres Angesicht schien sie zur Schweigsamkeit zu verpflichten, zur Strenge auch. Aber es war, kannte man sie näher, lediglich ein immer wieder scheiternder Versuch gegen die in ihrer eigenen Brust wohnende, ständig rebellierende Güte. Karl Greiser, Gefreiter, Metzger von Beruf, schlachtete ein Schwein. Die Witwe scheuerte den Fußboden, den Tisch, die drei Stühle. Als der Abend kam, stellte sie eine große Schüssel, an den Rändern blau geblümt und rot gestreift, in die Mitte des Tisches. Zwei gewaltige Steinguttteller nahmen sich daneben wie Kinder aus. Drei hölzerne Löffel, orangegelb wie der Tisch, auf dem sie lagen, sahen aus wie dessen Kinder; Holz von seinem

Holz waren sie. Die Scheite, kreuz und quer geschichtet, harrten auf dem offenen Herd. Und die Köpfe der Zwillinge rochen nach jener Kriegsseife, die an Senf erinnerte, an Lauge, Schmutzwäsche und Armut; besonders an Armut.

Das Thermometer sank nicht, es stieg auch nicht – und das war gut so. Der Friede zog in mich ein. Ein Nichts von einem Tag tauchte unter in einer Nacht, die klarer war als er. Wer weiß, wie lange wir hier in Rast bleiben werden? Wer weiß, wohin wir dann abkommandiert werden? Ich wehre mich gegen Stimmung. Die Feldpost kommt, zwei Pakete, freilich zwei Pakete. Wir sollen um acht Uhr in der Offiziersmesse sein, Rainacher und ich. Auch er hat Pakete bekommen, auch er wehrt sich gegen Stimmung. Wir wohnen zusammen bei der Witwe Jozefowa. Weil er rangälter ist, schläft er im Bett, ich schlafe auf dem Strohsack. Wir schikken beide Dienstzettel. Wir können nicht zur Messe. Wir werden um Mitternacht den Hügel hinaufgehn, in die Mitternachtsmesse.
Der Himmel schimmert über uns, vor uns schimmert der Schnee. Es ist, als spiegelte der Himmel den Schnee wider. Auf der ausgetretenen Dorfstraße hat es beinahe keinen Sinn herumzuwandern. Der Schnee war so verführerisch, daß es eine Sünde gewesen wäre, nicht in ihn hineinzustapfen, dort, wo er hoch und hart war, edel, jungfräulich, kristallen und singend. Um unsern Kameraden nicht zu begegnen und auch um die Nacht zu genießen und ihre Sterne und ihren Schnee, gingen wir hinter den Häusern den Gang hinauf. Ringsum war es still, es gab keinen Krieg. Zehn-, zwölfmal wandelte ein Scheinwerfer über den Himmel, er wandelte wirklich, ein friedlicher Spaziergänger, und blasser als seine Brüder, die ich kannte, war er an diesem leuchtenden Himmel.
Die Jungen kamen mit ihren erleuchteten Kürbissen. Sie sangen. Nahe waren Stall und Krippe und Esel, wenn man die

Lieder verstand. Sollte man ihnen glauben, so war der Heiland in Jablonowka geboren, nicht weit von der Hütte der Witwe Jozefowa Gargasch, und es war nicht zweitausend Jahre her, sondern höchstens knappe sechzig, und die Großväter erinnerten sich noch daran. Die Fußspuren der Heiligen Drei Könige gar sah man noch gerade im Schnee. Der Stern war mit Händen zu greifen. Die podolische Tiefebene war eingebettet im Glauben, und Gott war in Podolien, und Bethlehem knapp einen Sprung entfernt und näher als die Front.

Ein Licht nach dem andern erlosch, und die Hütten wurden finster. Nur der Himmel und der Schnee leuchteten, als das Dorf den Hügel zur Kirche hinaufwanderte. Ihre doppelflügelige Tür stand weit offen, und es war, bevor man eintrat, als käme der Altar den Eintretenden entgegen, Gäste zu empfangen, in seinem ganzen Glanz. Es gab keine Bänke, die Menschen knieten und standen. Obwohl die Tür offenblieb, wurde es bald warm, es war, als wärmten mich alle Pelze, die fremden, die Kerzen wärmten, und auch die Inbrunst wärmte und das Gloria nach dem Introitus: Dominus dixit ad me: Filius meus es tu, ego hodie genui te. Quare fremuerunt gentes; et populi meditati sunt inania? – Was knirschen die Heiden? Was planen die Völker Torheit? – Et pastores erant in regione eadem vigilantes. – Wachsame Hirten waren in derselben Gegend – hier neben uns, neben Rainacher und mir. Die Witwe Jozefowa Gargasch ging zwischen uns heim. Die Tür war nicht etwa verschlossen, oh, keine Tür in diesem Dorf war verschlossen, obwohl fremde Soldaten, Ungarn und Bosniaken, jetzt hier rasteten. Wachsame Hirten waren in der Gegend.

Wir setzten uns an den Tisch und löffelten den Borscht mit den hölzernen Löffeln. Dann zerschnitten wir das Fleisch mit dem Taschenmesser. Wir tranken Sliwowitz aus dem Teeglas und aus den Feldflaschen. Mein Freund Rainacher, ein Spötter, reckte sich satt mit dem Stuhl, streckte beide Arme aus und sang: Gloria in excelsis. Es war dennoch keine Blasphemie. Um drei Uhr morgens küßten wir die Zwillinge und die Witwe, übergaben ihnen unsere vier Pakete und legten uns schlafen. »Du gehst heute ins Bett«, sagte Rainacher, »ich schlafe auf dem Stocksack. Du erlaubst mir eine Überraschung.« So war es. Um sechs Uhr morgens weckte man uns. Es war Abmarsch.

Der Hauslehrer

Ich war arm und hätte eigentlich dritter Klasse fahren müssen. Aber ich stieg in die zweite. Es war meine erste längere Reise, und ich hatte mir vorgenommen, niemals dritter oder gar vierter zu reisen. Ich hasse die Enge der dritten Klasse, das nackte, glattgescheuerte Holz, den schmalen Gang in der Mitte, die Reisenden, die niemals zum Vergnügen fahren, sondern weil sie müssen, und das Essen, das sie auspacken. Ich hasse die abgegriffenen Fenstergürtel aus schmutziger Leinwand, das trübe Licht an der niedrigen Decke, die fettigen Ranzen, die gelben Strohkörbe der Dienstmädchen, die braunen Fahrkarten aus Pappe, die mich an das Holz der Bänke erinnern, und die Pfeifen der rauchenden Männer.
Am schlimmsten sind die Socken der Reisenden, die ihre Stiefel ausziehn und bequeme, bunte Pantoffel anstecken. Ihre Socken sind geflickt, und die Unförmigkeit ihrer kurzen, groben, rohgezimmerten Füße wird sichtbar, die stark dünsten. Manchmal sieht man auch Teile ihrer Unterkleidung. Wenn sie ihre Reisetaschen öffnen, kann ich den Anblick nicht abwenden, obwohl ich nichts sehen möchte. Sie aber drängen mir alle Intimitäten ihres Hauses auf, ich sehe ihre Taschentücher, die Wärmeflasche, die einsam leuchtenden Äpfel und Mandarinen, ein Eßbesteck aus einer Art versilberten Zinns, das sich in Gelenken zusammenfaltet und rostet, obwohl es nach Schmirgelpapier riecht. Alle diese äußerst praktischen Dinge sind mir verhaßt, das Luftkissen, das ein Hinterteil aus Gummi ist, die Zahnbürste in einer

Glasvitrine, wie ein vertrockneter Stengel mit Borsten, die klappernde Seife in einer viel zu großen Dose mit irgendeiner Firmenaufschrift, die Geschäftsbücher mit den blauroten, gleichsam gefrorenen Quadraten, die gutverkorkten flachen Cognacflaschen und ganz kleine Polster, die an Säuglinge gemahnen, die der Reisende eben zu Hause gelassen hat.
Dagegen liebe ich das kühle Leder oder den warmen Plüsch der teuren Fahrklassen, die grünen Karten, die wie die Fremde leuchten, ferienhaft und sommerlich, die sehr eleganten Damen, ihre Art, gefallen und gleichzeitig verbieten zu wollen, ihre Erlebnisse, die der Puder bestäubt, ihre Lippen, die mit Wollust den Schminkstift schmecken, ihre Toilettengegenstände aus Leder, Glas und Stahl, ihre Kämme, die nach Haar duften, ihre kleinen Taschentücher, die wie weiße Grüße sind. Die vornehmen Fahrtgenossen verbergen mir alles, die einfachen offenbaren mir alles. Eine reizende Dame kann mich glücklich machen. Wir haben viel Gemeinsames in einem Abteil, wir haben dieselbe Richtung, dieselben Erwartungen, wir schweigen fremd, aber wir sind doch Verbündete gegen alles Zudringliche, Plumpe, Gemeine.
Niemand begleitete mich, ich hatte nicht Abschied zu nehmen, nicht zu winken, nicht zu grüßen. Ich kehrte meiner Heimat den Rücken. Ich sah höhnisch auf ihre Türme, ihre Gesamtansicht lag vor mir wie eine gleichgültige Ansichtskarte. Ich betrachtete die Frau, die mit mir fuhr.
Ihr Aussehn verriet nicht ihr Alter, aber viel Wichtigeres: daß sie jeden Tag badete, ihre Haut salbte, schminkte, daß sie von Geld und nicht von Arbeit, nicht einmal von fremder, lebte und gute Schneider hatte. Sie war dreißig, fünfunddreißig oder vierzig. Sie gehört, so dachte ich, zu den ersten Kreisen der Hauptstadt, in die ich jetzt fuhr, und es wäre gut, mit ihr zu sprechen. Sie las eine Zeitschrift, gähnte, legte eine Hand vor den Mund und fuhr mit der Zungenspitze zweimal über die Lippen.

Dann ging sie hinaus. Ich klemmte ein Stück Pappkarton von einer Zigarettenschachtel unter die Tür und wartete, bis sie wiederkam. Sie konnte die Tür nicht öffnen. Ich stand auf und öffnete. Die Dame sah, daß ich angestrengt war, neigte den Kopf und sagte: »Ich danke Ihnen.«

Darauf hatte ich gewartet: »Ich danke Ihnen«, sagte ich, »es wäre mir furchtbar gewesen, wenn Sie sich etwa entschlossen hätte, wegen der dummen Tür ein anderes Coupé aufzusuchen. Ich bin glücklich, daß Sie hier sitzen.«

Ich sah sehr bedeutend aus und bemerkte, daß die Dame erstaunt war über meine Antwort und daß sie mich ansah, um mein Alter abzuschätzen. »Sie sind noch sehr jung!« sagte sie.

»Jünger, als Sie glauben!« antwortete ich, obwohl ich keineswegs älter aussah, nur, um anderes zu sagen, als meine Altersgenossen geantwortet hätten.

»Wie stolz Sie auf Ihre Jugend sind«? sagte die Dame.

»Wie eine Frau«, erwiderte ich und sah sie so an, daß es war, als hielte ich gerade sie für jung und stolz.

Ich erzählte ihr später, daß ich in die Hauptstadt fuhr, um zu studieren, daß ich arm war, daß ich aber in der zweiten Klasse saß, weil ich die dritte nicht leiden mochte.

»Sie halten mich zwar für sehr jung«, sagte sie, »aber ich habe schon beinahe einen erwachsenen Sohn.«

Ich legte einen kleinen Schrecken in meinen Blick und sah sie an.

»Er ist dreizehn Jahre alt«, fuhr sie fort, »und kein Lehrer kommt mit ihm zurecht. Sie könnten ihn vielleicht unterrichten. Sie sind gewiß ein guter Philologe.«

»Ein sehr guter!« sagte ich, um nicht bescheiden zu sein.

»Sie sind eingebildet!«

»Gewiß nicht!«

»Würden Sie meinen Sohn unterrichten?«

»Sehr gerne.«

Es entstand eine Pause. Dann sagte ich ganz leise:
»Ihretwegen.«
Als ich dieses Wort leise gesagt hatte, begann auf einmal ein hilfreicher Abend zu dämmern. Er ermöglichte es mir, näher an die Dame zu rücken, denn in der Dunkelheit bedarf es keiner Ausreden, und die Handlungen sind ohnehin nicht mehr nackt. – So wurde ich Hauslehrer.

Erstveröffentlichungen

Nikolo. In: *Der Neue Tag*, 6. 12. 1919
Das Taftkleid. In: *Prager Tagblatt*, 13. 12. 1919
Das Märchen vom Geiger. In: *Der Neue Tag*, 28. 12. 1919
Petro Fedorak. In: *Der Neue Tag*, 1. 1. 1920
Der Prinz. In: *Vorwärts*, 8. 7. 1922
Kleiderhandel. In: *Vorwärts*, 14. 11. 1922
Der Herr mit dem Monokel. In: *Vorwärts*, 23. 3. 1924
Eine Nacht mit Wanzen. In: *Neue Berliner Zeitung – 12-Uhr-Blatt*, 11. 5. 1926
Reise mit einer schönen Frau. In: *Frankfurter Zeitung*, 19. 9. 1926
Sentimentale Reportage. In: *Frankfurter Zeitung*, 14. 9. 1927
Gedicht von Wandkalendern. In: *Frankfurter Zeitung*, 19. 2. 1928
Seine k. und k. apostolische Majestät. In: *Frankfurter Zeitung*, 6. 3. 1928
Little Titch. In: *Frankfurter Zeitung*, 2. 5. 1928
Die zweite Liebe. In: *Frankfurter Zeitung*, 29. 7. 1928
Geschenk an meinen Onkel. In: *Frankfurter Zeitung*, 18. 11. 1928
Der Nachtredakteur Gustav K. In: *Frankfurter Zeitung*, 21. 4. 1929
Ein Wiedersehen. In: *Münchner Neueste Nachrichten*, 18. 8. 1929
Ein Mensch hat Langeweile. In: *Münchner Neueste Nachrichten*, 1. 9. 1929
Weihnachten in Cochinchina. In: *Prager Tagblatt*, 18. 12. 1929
Wiege. In: *Die Literarische Welt*, 17. 12. 1931
Laterna magica. In: *Frankfurter Zeitung*, 25. 12. 1932
Rast in Jablonowka. In: *Das Neue Tage-Buch*, 23. 9. 1939
Der Hauslehrer. Undatiertes Typoskript, Berliner Nachlaß